横浜中華街！　桃源郷飯店へようこそ

キョンシー事件の謎は晩餐で解決！?

夏目桐緒

ポプラ文庫ピュアフル

CONTENTS

横浜中華街
YOKOHAMA CHINATOWN

桃源郷飯店へようこそ

キョンシー事件の謎は晩餐で解決!?

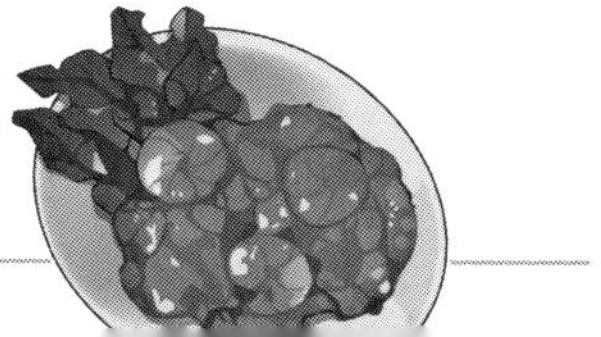

プロローグ

運命の出会いは、時に驚くようなあじわいがあるものだ。

たとえるなら……唐突に渡されたホカホカの肉まんのように。


雨の夕暮れ。

倉庫整理のアルバイトを終えた俺は、トボトボと中華街を歩いていた。

その日はなかなか不幸な一日だった。目一杯働いたあとで急にマネージャーに理不尽な説教をされ、泣いた仲間をかばったらお前はクビだと言い渡された。おまけに帰り道では暴走車に泥水をぶっかけられ、コンビニに寄ろうとしたら財布も見当たらなかった。

こんなに不幸が重なる日があるだろうか。お腹も空いて、悲しくて、それでもじっと耐えて歩いているところへ、トドメとばかりに低い声が掛かった。

「あんた、腹減ってんのか？」

警戒しつつ顔を上げると、目の前には頬に大きな傷のあるお爺さんが立っている。くわえ煙草にビニールサンダル、着ている白い服からすると近くの中華料理店のコックだろうか。

「そんなショボくれた顔で、おまけに腹ペコだと辛いだろ。うちでメシでも食ってくか？」

予想外の申し出に俺は目を丸くした。どう見ても怪しいし、何しろ今日は最悪の日なのだ。

「お申し出はありがたいんですけど、あの……」

口ごもる俺に、お爺さんは気を悪くするどころかニカッと笑った。

「まあ急に声掛けられたらそうなるよな。じゃあせめて、これでも食って元気つけな。ほらよ！」

差し出されたのは大きな紙袋。

恐るおそる中を覗くと、驚くほどデッカい肉まんが入っていた。

初対面の人にもらっていいのだろうか。だが顔を上げてみると、お爺さんの姿はもうなかった。周囲を見回してもそれらしき人影はないし、細い路地の奥は雨に煙ってよく見えない。周囲の中華料理店の扉も閉ざされ『準備中』の札ばかり。

何が起きたのか理解できないまま、俺は迷う足でひとまず駅へと向かった。

構内のベンチに座り、息をついてからしみじみと肉まんを眺めた。食べようか、どうしようか。迷ったのは一瞬で、結局は空腹に負けた。

ぱかっと二つに割ると、その中身に驚いた。

ウズラの卵、蝦《えび》、豚の角煮にタケノコにきくらげ……まるで宝船みたいにさまざまな具が溢れてくる。凄い、こんな肉まんは見たことがない。

ジューシーな醬油系の匂いに、堪らずがぶりと嚙めば複雑な歯ごたえとしょっぱさが口の中に広がる。いろいろな食感と味が一体となり、滴るような汁気が何とも言えない。あまりに美味しくて、気付いたら夢中で食べきっていた。

お腹だけでなく心まで満たされて、救われたような気持ちになった。

後日、お礼を言おうと何度か中華街へ足を運んだけれど、不思議なことにあの路地の入り口も、お爺さんも見つからなかった。

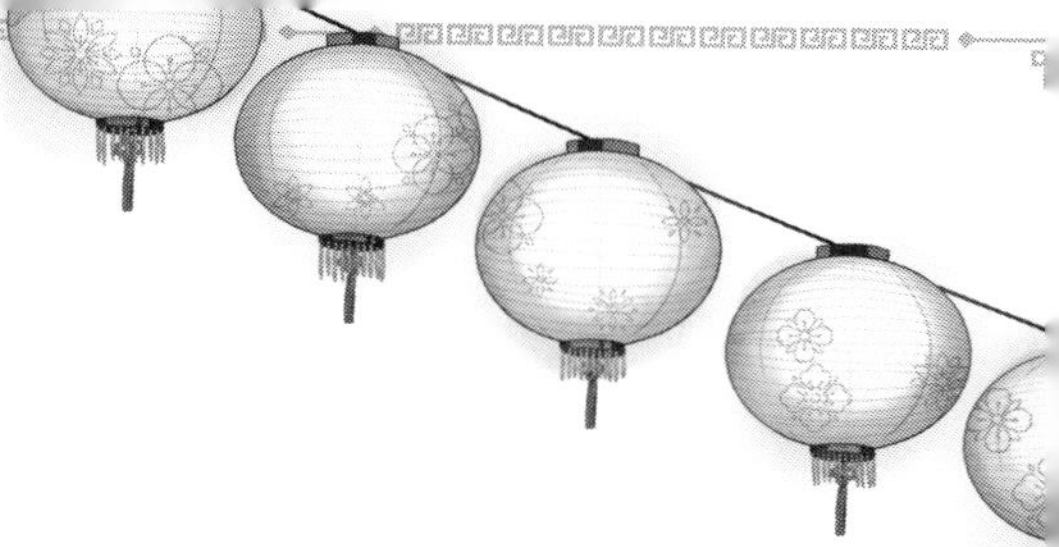

第一餐

運命の出会い！妖しい中華料理店でバイト始めました!?

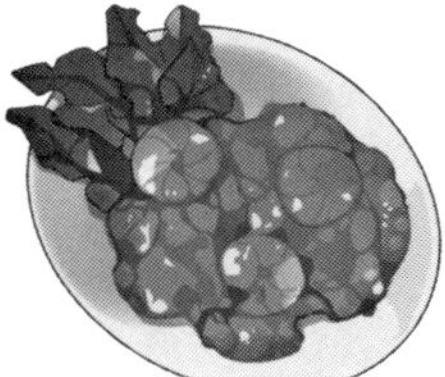

「……サトシくんって、何だか、お母さんみたいだよね」

「えっ!?」

俺の声と同時に周囲の鳩がバサバサッと飛び立っていく。

横浜港《よこはまこう》、山下《やました》公園のど真ん中。

大学生の春休み、憧れの大崎《おおさき》さんと初めてのデート？　の最中。

素敵なベンチに二人で座ってロマンティックな夕暮れの港を眺めていたはずなのに、突然お母さんとは。

「な、何で？」

「いや、待ち合わせの時からずっとそうだったじゃん。『冷たいもの飲んだらお腹冷えるよ』とか『お腹空いてるならお昼ちゃんと食べなきゃ』とか。優しいんだけど、さすがにお節介すぎ」

大きなため息をついて彼女は立ち上がる。

「ごめん、急だけど、用事があるからここで失礼するね」

「で、でも一緒に夕飯食べようって話だったよね？　俺としては中華街で火鍋料理とかどうかなって思ってて」

「火鍋、ねえ」

――今日のニットワンピ、真っ白なんですけど。

彼女は自分の服装をちらりと見てから、冷ややかな微笑を向けた。

「今日はちょっとやめておこうかな……また大学で仲よくしてね！」

じゃあ、と手を振り、彼女はあっけなく人混みの向こうへ消えていった。

俺は呆然と背中を見送ることしかできない。

もしかして、またフラれた？

中途半端に振っていた手を下ろし、深いため息をつく。初デートでフラれるのは大学に入ってから通算五度目。さすがに状況を呑み込むのも早くなってきたけど。

「む、難しい……」

ガッカリする気持ちはあるが、何となくわかっていたことでもあった。

だって彼女の気持ちは『読めていた』んだから。

――うーん、喉渇いたからアイスティでも買おっかな。ちょっと寒いけど。

――お昼抜いてきたからお腹減ったけど、サトシくんとディナーまで行くの、どうしよう。

そんな気持ちが全部『読めた』からこそ気を遣っていろいろ言ってみたけれど、服に関してまでは配慮が足らず。なかなか上手くいかないもんだな。

「うわ、急に寒くなってきた」

心の冷えは身体の冷え。俺は身震いして上着の前をかき合わせる。時刻は夕暮れ、二月の風はまだ冷たい。お腹もペコペコだし、このまま一人暮らしの下宿に帰るのはあまりにも寂しすぎた。

せめて中華街で美味しいものでも食べて帰るか。

俺は気を取り直し、冷えたベンチから立ち上がった。


俺、安藤《あんどう》サトシはごく普通の大学三年生だ。

一八〇センチというささやかな長身とそばかす以外、さして外見的な特徴はない。

横浜の大学では工学部機械工学専攻。趣味は食べること、料理すること。食いしん坊でいつも腹を空かせている。美味しいものには目がなくて、片道三時間かけて名物ラーメンを食べに行ったこともある。

が、趣味の料理に関しては……いまはお休み中かな。

性格は『人が好《よ》い』とか『お節介』らしいけれど、せいぜい駅前で募金をしたり、泣いている小学生を交番に連れて行ったり、地域猫に餌をあげたりと小市民的なレベルだと思う。でもちょっとお節介すぎるクセはあるかも。弟たちにも『しつこい』ってよく言われていたし。

そんなごく普通の俺だけど、たった一つだけ、ささやかな異能というか特殊能力を持っている。

それは『お腹が減っている人の、心の声が聞こえる』能力。

有効範囲五メートルくらいで、誰が腹ペコなのか、ついでに何を考えているのか何となくわかってしまう。

とはいえ、映画に出てくるような超能力ではなく、ちょっとポンコツな能力だけど。

「相変わらず人が多いなあ」

山下公園を出て横断歩道を渡り、善隣門《ぜんりんもん》をくぐると周囲は一気に賑やかになる。

横浜中華街。通りに沿って料理店や土産物店が軒を連ね、ひっきりなしに人が行き交う一大観光地だ。

赤と金に彩られた町の中はいつでも華やかで騒々しい。

スマートフォンで写真を撮りまくる旅行客。中年女性のグループは騒ぎながら中華料理店に吸い込まれていく。向こうでは二人組の女子高生が肉まんを食べながら動画撮影に勤しんでいる。

午後五時という時間のせいもあり、中華街大通りは人でごった返していた。

その喧騒を、美味しそうな匂いが包み込んでいる。店先につるされた子豚とアヒルの丸焼き。揚げたての春巻。客引きの声と共に漂ってくる香ばしい匂いは甘栗か。

こんな匂いが漂っているんだから、そりゃあみんなもお腹を空かせているわけで。

──あの肉まん美味しそう！　向こうのフカヒレまんも！　どっちにしようかな。

──予約したのはあの店だが向こうの店もうまそうだな。あれは北京《ペキン》ダックかな。

──イチゴ飴も杏仁《アンニン》ソフトも食べたいなあ。でも食べ放題予約してるし……美味しそうなものばっかりで迷っちゃう！

周囲からさざ波のように囁き声が押し寄せる。腹ペコの人が一斉に独り言を喋っているみたいな状態だ。聞いているだけでこちらの空腹も加速してしまう。

これ、普通の人には聞こえてないんだよな。

俺の能力がポンコツだと思うのは『一方的に聞こえるだけ』という点だ。

いわば家電量販店にずらりと並ぶテレビの音声みたいなもの。

音量自体はＢＧＭのレベルなんだけれど、お腹が空いている人が近くにいればいつでもノイズみたいに聞こえてくる。複数の声が重なったり、うっかり本音を読んでしまったり。残念ながらこちらから耳を塞ぐことはできない。

この能力のせいで小さいころから地味に嫌な思いをしてきた。

小学校の入学式で「校長先生おなかすいてる！」って叫んで大目玉を食らったり、給食の時、隣席の子の嫌いなものを食べてあげようとして「人の給食を取っちゃダメでしょ！」って先生に怒られたり。

中学校ではメシの前になるとみんなの本音がダダ漏れで、聞きたくない真実まで知ってしまって毎日げっそりしていたっけ。

成長するにつれて分別も忍耐力もついたし、他人の空腹や感情に深入りは無用だと自分に言い聞かせることもできるようになった。

それでも、誰かが空腹のせいで辛いのを知ると、気になってしまう。

せめて身近な人だけでも何とかしてあげたい。そう思って俺なりに気遣った結果が今日の大崎さんとの結末だもんな。

映画の中の超能力ヒーロー、とまではいかなくても、もうちょっと上手く困った人をサポートできればいいんだけど。

そう、あの時会ったお爺さんみたいに。

ちょうど一年ほど前。倉庫バイトからの帰り道、腹ペコで中華街を通った、あの日。

空腹と疲労でフラフラしていた俺は、まさにこのあたりで謎のお爺さんに声を掛けられて……。

そこまで思い出したところで俺は動きを止めた。

通り過ぎた細い路地で、ちらりと何かが動いた気がする。

あれ、あの時の路地に似てないか。お爺さんと出会った時の道。まさかね。

だが次の瞬間、強烈な空腹の声が俺の心を串刺しにした。

——ハラヘッタ、ハラヘッタ、ハラヘッタ。ナニカ、食ワセロ、オマエデモ！

いったい誰の叫びだろう。耳元で急に怒鳴られた時みたいに頭がクラクラする。これはもはや空腹というより飢えだ。あまりにも暗く、鋭い。

それに『お前でも』ってどういうこと？　まさか、誰かを食うのか!?

空腹の声は確かに路地の方から聞こえてくる。

「こんなに腹ペコの人を……放ってはおけない、よな」

なけなしの勇気とお節介に背を押され、俺は小走りにそちらへと駆け出した。

薄暗い路地は人気《ひとけ》がなく、両脇は古い建物に囲まれている。宵闇に沈みそうな景色の中、枯れた鉢植えの草が換気扇の空気に揺れていた。

ああ、この感じ、覚えている。この路地の入り口で、俺はお爺さんに肉まんをもらったのだ。

だが、いまはそこに、違う影が二つ。

薄暗い道の先で、一人が腕を振り上げ、もう一人に襲い掛かっている!?

「ちょ、ちょっと、何してるんですか！」

二人が同時にこちらを見た。

襲い掛かっている方は髪の毛がぼさぼさ、パジャマみたいな服を着たご老人だ。お婆さんだと思うけれど、髪も短いし肌も緑色でよくわからない。

緑色？　二度見してもやっぱり緑だ。

おまけに目も光っている。もしかして薬物依存症とかだろうか。

そしてもう一人、襲われている方は、びっくりするほど綺麗な女性だった。あまりに美しいので、俺はまたしても二度見してしまった。

切れ長の目、赤い唇。左目の下にあるほくろが肌の白さを際立たせている。

年齢は俺と同じか、少し上くらい。中華風の不思議な白い着物を着ていた。

黒く長い髪は一部に白いメッシュが入っており、服も映画の衣装というかコスプレっぽく見える。

向こうもびっくりしたようにこっちを見つめているけれど、もしかして映画の撮影だろうか？　邪魔しちゃったかな？

　でも、どこにもカメラはない。

「あの、どうしたんですか？　何かわからないけど、ひとまず話を」

　俺はぎこちない動作で二人の方へ歩いていった。緑色のお婆さんが顔を上げてギロリとにらむ。

　怯んだその瞬間、お婆さんが俺の方へ飛んできた。

　文字通り、カッ飛んできたのだ。

　呆気にとられた一瞬で俺はお婆さんに肩をつかまれ、腕に噛みつかれていた。

「いって!!」

　ウソだろ、人間にこんなに強く噛まれることってある!?

　いやちょっと待て。緑色の顔、歯も尖っているし、相手はもしかして人間じゃないのかも……っていうか痛い、痛いってば！

「お前っ、余計なことを！」

　そう怒鳴ったのは美女だった。あ、声が低い。男性だったのか。

　彼は鋭く舌打ちすると、身を翻して高くジャンプした。俺の頭上を軽々飛び越え、華麗に空中で回転してから中国雑技団みたいに着地する。

同時に腰から細い棒のような物を引き抜き、お婆さんの額をピシリと叩いた。お婆さんが身体をのけぞらせ、その拍子に俺の腕が自由になる。

ひい、助かった。間髪を容れず、美人、いや美青年はお婆さんの口の中へ白く丸い物を突っ込んだ。

「桃仙符《とうせんふ》呪霊食術《じゅれいしょくじゅつ》——桃饅縛縄陣《ももまんばくじょうじん》！」

呪文？　ももまん!?

一瞬、白い物の表面が光ったかと思うと、雷に打たれたようにお婆さんがビクンと震えた。上を向き、手を前に突き出して棒立ちになったまま固まる。

手を前に突き出し、どこかズレたような姿勢で浮かぶ姿——これは、キョンシー！

そうか、中華街でキョンシー映画の撮影をしているのに巻き込まれたんだ。

美青年はため息をつき、それから俺のことをにらんだ。

「この傻子《シャーズ》！　いや、大莫迦者《おおばかもの》め！　腕を見せてみろ！」

「えっと、大バカって俺のこと？」

「他に誰がいる！」

棒を手早くベルトに納め、俺の手をぐいと引っ張る。途端に鋭い痛みが走った。

「いてててて、ガッチリ噛まれたから、傷が」

その時ようやく、噛まれた所から血が出ていることに気付いた。

お婆さん、凄い力だったんだな。そういや人間の口腔細菌ってヤバいんじゃなかったっけ？　おまけに、何で傷口から出てくる俺の血まで緑色なんだ!?

だがもっと驚いたのは、次の瞬間、美青年が傷口に唇を押し当てたことだった。

「えっ、何を!?」

動揺する俺に構いもせず、彼は傷口を強く吸うと、路上に向けて勢いよく緑色の血を吐き出した。一度、二度。

呆然と眺めながら俺は確信する。

「こ、これ映画の撮影ですかね？　俺、無関係なんですけど、巻き込まれてます？」

はあ、と口を拭ってから美青年は俺をにらみ付ける。

「何をわからないことを言っている。巻き込まれに来たのはお前の方だろうが！」

「だって、あなたを助けないと、と思って」

彼はわずかに目を見開いたが、すぐに元の表情に戻った。

「……まずは傷の処置からだ」

懐からハンカチを取り出し、美青年はこちらの傷口を固く縛ってくれた。その所作一つひとつが上品というか、美しいというか。

「よし、いいだろう。あとは店で」

　ふう、と息を吐いて彼は俺の方を見た。その瞳は純粋な黒ではない。深い菫色だ。見つめられるとドキッとするような妖艶さと清らかさがある。

「おい鶏婆小鬼《おせっかいこぞう》、二つ言っておく。まず一つ、これは映画などではない。現実だ。そしてもう一つ」

　彼はビシリと俺に指を突きつけた。

「いまから私について来い。来なければ、お前は殭屍《キョンシー》になって死ぬ」

「俺が、キョンシーになって……死ぬ!?」

　素っ頓狂な声を上げている間に、美青年はパチンと指を弾き、細い路地の奥へと歩き出した。

　そのあとをキョンシーお婆さんがピョンピョンと飛び跳ねながらついていく。

　手を上げた姿、棒立ちの身体、浮いている姿勢。

　どれをとっても古い映画やアニメ、漫画で見たあのキョンシーだ。

　だが彼女の心からは、さきほどと同じ声が聞こえ続けている。

　――オナカ、スイタ、ダレカ、タベモノ。

　弱々しくなっているが、こちらの胸が痛くなるほど切実な飢えだ。なるほど、これなら俺の腕を齧《かじ》ったとしても仕方がないか。それにしても死んでまでお腹を空かせているなんてかわいそうだな。

そしてもう一つ。重なるようにして、悲しいほどに空腹な音が流れてくる。声にならない呻き声のような、泣き声のような。

――空腹など、私には……。

ああ、この美青年も空腹なのか。

「どうした、死にたいのか!?」

「あ、行く、行くからっ」

我に返った俺は、返事もそこそこに彼の後ろをついていった。


細い道を進むと、すぐに行き止まりになった。

そこには異様な建物がそびえている。

「中華風のビル?」

六階建てで、四隅が反り上がった屋根に赤い提灯飾り。大通りにある中華料理店と同じ系統のデザインだが、妖しげな気迫を感じるのは気のせい、それとも夜が迫っているせいか。

入り口の上には大きな看板が掲げてある。

『万福招来《まんぷくしょうらい》　中華料理　桃源郷飯店《とうげんきょうはんてん》』

金色の文字はライトアップされ、夕暮れの闇の中に浮かび上がって見えた。

あの時も、お爺さんは確かにこの路地から出てきた。ということは。

「お前、何をキョロキョロしている？　もしや来たことがあるのか？」

美青年ににらまれ、俺は慌てて頷いた。

「いや、実は……この店から出てきたお爺さんに助けられたことがあるんです。朗らかなお爺さんで、頬に大きな傷が」

急に相手の表情が変わった。

「それはいつのことだ⁉　最近か？」

「いや、一年ほど前かな。雨の日に」

「……そうか」

美青年はすぐに元の表情に戻ると、小さくひとつ、咳払いをした。

「それはうちの店長だ。いまは不在だが、そういうことをする人だった。……これも何かの縁だろう、ついてこい」

彼はそのまま、キョンシーお婆さんを引き連れて店の入り口をくぐっていく。

そうか、あのお爺さんはここの店長さんだったのか。あの時は雨が降っていたし、ずぶ濡れだったから、路地の奥までよく見ていなかった。

でも店長が不在って？　この美青年は店員なのだろうか？

「おい、遅れるなと言っているだろう！」

「は、はいっ」

俺は慌ててお婆さんに続いた。

店内に入って目を丸くする。

「うわ、高級レストランだ！」

黒を基調とした室内は赤と金の装飾が鮮やかだ。天井から下げられた中華ランタンが美しいシャンデリアのよう。

赤い絨毯《じゅうたん》の上にはいくつものテーブルが置かれていて、中央にはひときわ大きな円卓が衝立に囲まれて鎮座していた。

だが、俺たちの他に客の姿はない。

ディナー営業が始まっていてもおかしくない時間帯なのに、がらんとした室内には人影がまったくないのだ。

　俺はゴクリと息を呑んだ。まさか、『服をお脱ぎください』『バターをお塗りくださ い』とか言われていくタイプの料理店では……。

「何をしている。こっちだ」

　気付けば美青年はフロアの中央に立っていた。

　傍らには大きな円卓があり、キョンシーお婆さんがすでにちょこんと座っている。さきほどとは違ってやけに大人しい。

「あれ、大人しくなった？」

「さきほど食べさせた小桃饅頭《こももまんじゆう》に掛けた符食術が効いているのだ。静かになっている間に本格的に気のねじれを浄化する。この殭屍的老奶奶《おばあさん》を元に戻すのが本日の当店の仕事であり、噛まれたお前もついでに浄化してやる」

「ありがとう……でも……フショク……？　きのねじれ……？　よくわからないんだけど」

　控えめな俺の疑問に彼はため息をついた。

「無知者無畏《むちなものほどおそれない》。とにかく、この食事には殭屍を浄化する特別な術が施してあり、お前たちが食べれば元に戻ることができるということだ。死にたくなかったら座れ」

そう言われたら座るしかない。俺はおずおずと、これまた豪華な椅子の一つに腰を下ろした。

さて、と美青年が改まった様子で俺たちを見る。

「万福招来、我が桃源郷飯店へようこそ。ここは軽食から正式な晩餐《ばんさん》コースまで、多彩な美味しさを提供する中華料理店であり、私は副支配人を務めている。以後お見知りおきを」

深々と頭を下げる仕草は丁寧かつちょっとだけ尊大だ。

「当店は広東《カントン》料理をベースに日式中華の味付けを意識している。本日の晩餐は桃源郷飯店特製、桃仙符呪霊軽食宴。言葉通り軽めのコース料理であり、前菜は決まっているが、主菜《メイン》はこちらから選ぶことができる」

言葉が終わると同時にスッと二人の少女が現れた。桃色の美しいチャイナ服を着て、副支配人と同じような美しさ……って同じ顔!?

驚いている間に少女たちは俺たちの前に黒い冊子を置いた。

恐るおそる見たがいたって普通のメニューだ。表紙に金押しで『菜単　ｍｅｎｕ』とあり、桃と店名を組み合わせたロゴらしきマークも描かれている。

開くと美味しそうな料理写真がずらり。

本日主菜
紅燒乾鮑魚　干しアワビの姿煮
蠣油牛肉　牛肉とキノコのオイスターソース炒め
乾燒大蝦球　大蝦のチリソース
北京片皮鴨　北京《ペキン》ダック

どれも高級中華だ。こんな状況じゃなければテンションも爆上がりなのに。

どうしよう、やっぱりボッタクリ店なのだろうか。それとも最終的に俺が食べられてしまうのか。

だが迷う前に俺のお腹が、ぐうう、と正直な音を出した。副支配人の口元が少しだけ緩む。

「空腹のようだな」

「今日は昼飯抜きだったからさ」

もうここまで来たんだし、せっかくだから豪華中華料理を食べよう。俺は腹をくくるとメニューの一つを指さした。

「えっとあの、蝦チリで」

「了承した。では、老奶奶《ラオナイナイ》は……まだ話せないか」

お婆さんは緑色の肌のまま、虚ろな目で副支配人を見上げた。何か言いたいようだが、口が上手く動かせないようだ。だがその心はしっかり伝わってくる。

——北京ダック、北京ダックを……。

「北京ダックって言ってますね」

副支配人は驚いた顔でこちらを見た。

「何故わかる？」

「うーん、これればかりは納得してもらうしかないんだけど」

ぽりぽりと頬を掻いてから何となく笑う。

「俺、生まれつき腹ペコの人の声がわかるんです。腹ペコの人の気持ちが聞こえてくるっていうか」

「気持ち？　心が読める、ということか？」

「ほんとに腹ペコの人限定ですけどね。ちょっとでもお腹が満たされている人の心は読めないんですが……お婆さんはいま最高にお腹を空かせていて、北京ダックが食べたいって」

副支配人は疑わしげに考え込んだ。

まあそりゃそうだよな、俺だって突然そんなことを言われたら疑う。

あれ、そういえば彼の心の声が聞こえなくなっている。

「副支配人さん、もしかして心を隠しませんでしたか？」

彼はあからさまに眉を顰《ひそ》めた。

「そういったこともわかるのか？」

「ふわっと、ですけど。あ、でもプライバシー侵害ですよね、スミマセン、実は能力の制御ができなくて」

恐縮する俺の前で彼は眉間のシワを深くする。

ヤバい、怒られるかも。

だがそこで、キョンシーお婆さんがフルフルと震える指でメニュー表を指さした。

北京ダックの写真だ。

「……了解した。少しだけお待ちいただけるとありがたい」

丁寧に答えた彼の声に俺は首を傾げる。

「何だかお婆さんにだけ丁寧に対応してませんか？　俺には厳しめなのに？」

「こちらは正式なお客様、お前は招かれざる客だ」

ツン、とした表情で冷たい視線を注いでくる。顔が綺麗なだけに視線もグサッと突き刺さる。

「あの、俺たちはこれから、中華料理を食べるんですよね？」

「そうだ、さっきも言っただろう」

「それは、フショクジュツとやらが掛かった食事なんですか？　あの光ったやつ。あれはいったい何ですか？」

「それをお前に言う必要があるか？」

彼はじろりとこちらを見たが、さすがに引き下がれない。

「俺もこれから食べるのなら、ちょっと知っておきたいな、と思いまして。病院に掛かった時だって自分が飲む薬の詳細は知りたいでしょ？」

「……一理あるな。仕方ない」

軽く息をつき、副支配人は腰からさきほどの棒を取り出した。よく見たら杓《スプーン》だ。金色の凄く細長い杓で、持ち手には細やかな飾りが彫られている。

「桃仙符呪霊食術――痛散白花水《つうさんびゃつかすい》」

彼はテーブルに置かれていたコップの水面に杓の先で何かを描いた。

軌跡が、ぽうっと白い光を放って浮かび上がる。まるで漢字が花開いたかのような美しい紋様だった。

「符食術、正確には桃仙符呪霊食術という。特殊な文字と図形を組み合わせた呪紋を食事に描き、それを食べさせることでさまざまな効能を発揮させる」

やがて光っていた紋様は水に溶け、今度は水全体がうっすらと光を帯びる。

「飲んでみろ」

俺はコップを持ち上げ、恐るおそる口を付ける。と……ただの水のはずなのにすうっと、腕の傷から痛みが引いた。

「痛みがなくなった!?」

「さきほど描いた符呪は痛み止めだ。肉体に作用するのは短い間だが、経絡や霊力に対しての効果は抜群」

ふっと息を吐いて彼はこちらを見た。

「お前とそちらの老婆には現在、殭屍となる呪いが掛けられている。それを解くため、これから浄化効果を付与した食事を食べてもらうというわけだ」

キョンシーとなる呪い。浄化。どこから突っ込んだらいいのかわからない。

考えている間に他の店員が前菜を運んできた。

「ほらよ、三種の前菜の盛り合わせだ。クラゲ、棒棒鶏《バンバンジー》、焼き豚だぜ」

白い皿に載った三品はどれも美味しそう。他の中華料理店でも見たことがあるメニューだ。皿がテーブルに載った時、またほんのりと光って模様が浮き上がった。これも術なのだろうか。

そういやさっき水を飲み干しちゃったから、一杯もらおう。そう思ってヒョイと店員さんを見た俺は、思わず叫び声をあげそうになった。

「あ、あ、頭がないけど!?」

実際に、首から上が綺麗にないのだ。

胴体はなだらかな肩から始まって、ちょうど乳首のあたりに目が、その下に鼻が、へそのあたりには口があった。そう、福笑いの顔に似ている。

こちらの派手なリアクションに胴体男は目を瞬かせた。

「あれ、お前キョンシーじゃねえの？　副支配人、こいつ人間ですかい？　このフロアに入れていいんですか？」

「殭屍に嚙まれているので仕方ない措置だ。あとで記憶を消せば問題はないだろう」

へえ、と言ってから胴体男が笑いかけた。

「桃源郷飯店へようこそ！　ま、ゆっくりして行きなよ！」

そのまま悠々と去っていく。俺は呆然とその背中を眺めた。

「どうした、食べないのか？　腹が減っているんだろう？」

副支配人の声に促され、俺は慌てて箸を取り上げた。いろいろと疑問はありすぎるけれど、まずは料理が先だ。

最初にクラゲを一口。

「うまいっ！」

歯ざわりはコリコリ、程よい酸味としょっぱさが堪らない。隣の棒々鶏はしっとり胡麻味、焼き豚は皮のところがサクサクだった。どれも少量しか載っていないからすぐに食べ終えてしまう。

やっぱり自分で作る料理とは全然違うよな。俺もレシピを見ながらクラゲサラダを作ったことがあるけれど、一味足りない感じがして満足できなかった。

だがこの店の味は本物だ。豊かであじわい深い、プロの腕を感じる。

「こちらはタケノコとフカヒレ、玉子のスープになりマス。お熱いのでお気を付けてご賞味くださいマセ」

次はスープか。さきほどの美少女がやってきてお椀をそっと置く。

それにしても綺麗な子だな。ぎこちない喋り方に、透明感のある肌。顔は副支配人とそっくりだが、こちらは人形みたいに無表情だ。見ているだけでドキドキする。

おまけに同じ顔の女の子が向こうにも、さらに厨房の方にも一人ずついるのだ。

さっきの胴体男といい、副支配人や少女たちといい。本当に、この店はいったい何なんだろう。俺は何に巻き込まれているんだろう。

まあでも……ここまで来たら腹を決めるしかない。

俺はスープを取り上げ、ふうふうと冷ましてからレンゲに口を付けた。温かさが口を流れ、喉を伝って腹に染みこんでいく。タケノコとフカヒレの歯ごたえ、間に入ってくるのは玉子と金華ハムだろうか。ふんわりしたあじわいに、包まれるような安堵感さえ覚える。

「はいよ、お次は点心だ！」

再び現れた胴体男は両手に蒸籠《せいろ》を掲げていた。テーブルに置き、パカッと蓋を開けた瞬間、白い湯気が湧き上がる。中にはしっとりした金魚の形の餃子《ギョーザ》が二つ、小籠包《ショウロンポウ》が一つ。

「翡翠《ひすい》餃子と蝦蒸餃子、それに小籠包だ。この刑天《けいてん》様の心を込めた手作り品だぜ！」

「ありがとう！　お腹ペコペコだったから嬉しいよ……うわ、餃子の形も凝ってるし、凄く丁寧だね。このヒダの部分とかどうやってるの⁉」

おっ、と彼は腹の顔に笑みを浮かべた。

「いい反応だな、点心師冥利に尽きるぜ。お前、もしかして料理する人？」

「うん、家庭料理だけどさ」

「やっぱり！　料理するやつは細かいところまで見てくれるからわかるんだ。よくあじわって食ってくれよな！」

刑天は気さくに言って去っていく。姿形は不思議だけれど、案外いいやつのようだ。

俺は黒酢と醬油を皿に垂らし、緑の餃子を箸で持ち上げる。翡翠色の金魚は、綺麗で、ツヤツヤで、食べるのがもったいないくらい。

「うま！」

皮も中身もプリプリで、嚙めば蝦や野菜のあじわいが口の中に転がり出てくる。翡翠の方はニラ、蝦の方はプチプチした飛子の味も感じられる。皮がまたモチッとしてうまい。

「この店、何でも美味しいですね！」

「ねえ、本当ね」

すぐ横から聞こえた声に俺はぎょっとした。

見れば、お婆さんの肌から緑色が消えている。

彼女はこちらを見て、あら、と慌てた様子でちょっと笑った。

「ごめんなさいね急に話しかけちゃって。美味しくて、ついつい」

「い、いや、いいですよ、ほんとに美味しいですもんね」

俺は驚きをなるべく顔に出さないようにして笑顔を浮かべた。そうか、符食術の掛かった食事を食べたから、お婆さんは元に戻ったんだ……！

「老奶奶、お気付きになられましたか」

いつの間にか副支配人はワゴンにお茶を用意している。丁寧な仕草でテーブルにカップを置いてから、彼は改まった様子でお婆さんに向き直った。

「ご自身の名前がおわかりになりますか」

お婆さんは笑顔で頷いた。

「ええ、ええ、わかります。田中《たなか》ヨリ子《こ》、八十歳くらい……だと思います。でもおかしいわね、私は総入れ歯で味もよくわからなくなっているし、あまり量も食べられないはずなんだけど、何だか美味しくてモリモリ食べられちゃうわ」

「この食事を摂ると、あなたの身体は浄化され、全盛期に近付いていくのです。いまはおよそ六十歳くらい。これから主菜を食べ、粥と甜《てん》点心を食べればもっと元気になりますよ」

「あらまあ、不思議ね。それに、ここはどこなのかしら。記憶が曖昧だけど、私はどこか、病院のような所にいたと思うのですが」

　副支配人は目を伏せ、それから小さく微笑んだ。

「ひとまず現在のコースをお楽しみください。疑問はすべて、食後に。……ああ、主菜が来ましたね」

　店の奥から今度はワゴンを押して刑天がやってきた。

「本日の主菜をお運びしたぜ！　そっちの男は蝦チリ、婆さんは北京ダックだ」

「こら刑天、さきほどから接客が雑すぎるぞ！」

　副支配人に言われ、だってよう、と刑天は口を尖らせる。

「俺、ほんとは点心師だもん。人手不足で手伝っているだけで、フロア係じゃないからさ。どっかの誰かが新人店員を次々と追い出したお陰で……」

　じろりとにらまれ、刑天は肩を竦めて店の奥へ戻っていった。そんなやり取りの間にもしっかりと空の皿を回収していく。フロア係ではないと言いながらも確かにプロの店員だ。

「さて、では本日の主菜となる大蝦のチリソースと、北京ダック。温かいうちにご賞味いただこう」

「うわ、うまそう！」

白い皿の上には赤いチリソースをまとった蝦が鎮座している。周囲に飾られたレタスの緑との対比が鮮やかだ。

では早速、と箸で取り上げると、一瞬、蝦の表面に模様が浮かんだ気がした。これも符食術だろうか。

蝦を口に入れ、噛み締める。プリッと歯の上で海の香りが弾けた。

「うっまい！」

あとから染み渡ってくるのは甘みと辛み。とろみの中に刻まれたネギが歯ごたえを伝え、熱い辛さの中に一瞬の冷たさを感じさせる。蝦のうまみと絡まり、混ざり、すべてのあじわいが一つに溶け合う。うまい、という言葉さえ呑み込んですぐに次が食べたくなる。

ハフッと辛い息を吐いた俺はレンゲでソースごと蝦をかきこんだ。うまい、辛い、甘い。ああ……米がほしい！

「あの、白米もらえませんか！」

「このあと粥が来るのに？」

じろりとにらまれたが引き下がるつもりはない。

「日本人は米でおかずを食べたいんですよ！」

「図々しいやつだ」

言いながらも、副支配人はきちんと厨房へ白米を頼んでくれる。

「若い人はいっぱい食べられていいわねえ、と思っていたけど、今日は私も食べられそう！　この北京ダック、とっても美味しいんだもの。タレが甘くて皮がしっとりして、キュウリがまたシャキシャキなのよね」

お婆さんはくるりと北京ダックを皮に巻き、パクパクと食べている。その姿はどんどん若返って、いまはもう四十代から五十代くらい。

「ほんとに若返ってますよ、おば……いいえ、田中さん」

「あら、名前を覚えてくれたのね。嬉しいわ。あなたは大学生？　名前は？」

「はい、安藤サトシといいます。大学三年生です」

「うちの子も大学生なのよ……あら、大学生だったかしら、それとも、社会人だったかしら？」

首を傾げた田中さんに、副支配人が横からそっと声を掛ける。

「食べ終わったらすべて思い出します。そろそろ粥をお持ちしましょう」

「あら、ありがとう。凄いイケメンの店員さん！」

田中さんはウフフ、と笑ってから遠い目をした。

「美味しいし、幸せだけど……本当に、私はどうしてここにいるのかしら……いったいどこから……」

俺は少しだけ息を呑んだ。田中さんの姿が、実家の祖母《ばあ》ちゃんに重なった。

『私はどうしてここにいるのかしら……いったいどこから来たの……』

死ぬ少し前、祖母ちゃんはよくそう言っていた。認知症が進み、老人ホームに入ってからは自分のこともわからなくなって、最後はご飯も食べられず空腹のまま亡くなった。

あの、と俺は声を掛ける。

「田中さんがここへ来た理由はよくわからなくて、俺と相席になっちゃったのも、たぶん偶然だとは思うんです。でも、これも『運命』だと思って、ひとまず楽しみませんか」

「運命を、楽しむ？」

「はい。楽しい時間を過ごすため、不思議な運命に導かれてここに迷い込んだ。そう考えるとワクワクしませんか!?」

運命。

理論をも飛び越してしまう、都合のいい言葉。いわゆる偶然に意味を持たせるということなのだから、こじつけもいいところだ。

だが、俺はこの『運命』ってやつを案外信じている。

まだまだ元気だったころ、祖母ちゃんがよく言ってくれたんだ。

――お前が我が家に来たのも、こうして一緒に美味しいご飯を食べられるのも、運命なのだからねえ……。

こちらに笑いかける表情はとても優しかった。祖母ちゃんの言葉を信じるにはそれだけで十分だった。

田中さんは、運命ねえ、と首を傾げる。

だがすぐに、うん、と明るい顔で頷いた。

「そうね、偶然の相席は運命ってわけね。サトシくん、前向きねえ」

「よく言われますし、取り柄はそれだけです！」

あはは、と笑う田中さんの顔はさらに若返って、もうどこかのＯＬのようだ。

話している間にお粥が運ばれてきた。クコの実の載った美味しそうなお粥だ。

田中さんはレンゲを取り、お粥を食べ始めた。俺も蝦チリの残りを白米と共にかきこみ、続けてお粥も平らげる。飲むように胃袋に入っていく。

「いやほんと、何でも美味しい店だなあ」

「本当ね。お粥もぺろりと食べちゃった」

田中さんは空っぽのお皿を見てしみじみと言った。

「思い出してきたわ。私、糖尿病だったのよね。それで食事制限があって。山手《やまて》に住んでいるのに、ずっと中華街に来られなくて悲しかったの。でもいまはこんなに美味しい中華料理を食べられて。まるで夢みたい」

「この美味しさが現実ですよ！　よかったですね」

俺は何となく事態を把握しつつあった。

キョンシーになった人が食事で理性を取り戻し、どんどん若くなるなんて、そんなことが『生きている人間』に起こるはずがない。

つまりこのお婆さんは――。

「最後は当店自慢の甜点心、桃仁豆腐《トウニン》だ」

副支配人が白い器に入ったデザートを運んできた。

「桃仁豆腐？　杏仁ではなく？」

「そう、仁というのはタネの中、核の部分を指す。桃にも杏にもタネの中に核となる仁があり、これをそれぞれ桃仁、杏仁と呼ぶ」

蓋を開けると桃色がかった滑らかな表面の上に本物の桃と、不思議な茶色の粒が載っている。

「じゃあこれには桃のタネの核が入ってるってこと？」

「ああ、上に載っているのは桃膠《とうきょう》、桃の樹液をやわらかく戻し、砂糖で煮たもの。プルプルした食感と独特の風味があり、特に気に入るお客様も多い。二人ともどうぞお楽しみあれ」

　俺は早速一口すくって食べてみた。豆腐の部分は香り高く、甘く、上に載った桃膠ゼリーは不思議な食感がある。スパイスのようなわずかな苦みも舌に心地よい。

「あら、本当だわ、不思議な風味。木のエキスを薄めて固めたような」

　田中さんも気に入ったようだ。次々とスプーンですくって食べている。

　新たにお茶を注いでくれた副支配人が俺たちの前にカップを置いてくれる。本当に気遣いが細やかだ。

「桃は漢方として用いれば血のめぐりをよくし、身体を温めて喉の渇きを癒やす。特に桃仁は女性にいい。肺と腸の動きも改善させる」

「もしかしてこれ、薬膳ってやつですね！」

「そうだ。さらに今回に限り、妖気を浄化し、清らかな状態に戻す効能も付けてある。当店特製コース料理をデザートまで食したいま、二人の身体は正常な状態に戻りつつある」

あ、と田中さんが声を上げた。

「私の手、光ってる……」

田中さんの手、それに身体が光り始めた。激しい光ではない。内側からしみ出すような優しい光だ。

同時に田中さんの外観がさらに少しだけ、若くなる。

「もう、思い出されたのではありませんか」

副支配人の言葉に、ほう、と息を吐いて田中さんは俺を眺めた。

「思い出したわ……私、死んだのね」

「ええ」

副支配人が頷き、田中さんはひっそりと笑った。

「おかしいと思ったのよ。中華料理を食べられるような身体じゃなかったはずだから」

ぽつぽつと言葉を紡ぎながら遠いところを見る。

「私、六十代で夫を亡くして、そこから立て続けに病気になってね。メニエール、糖尿病、それから、たぶん認知症。病院で診断されたところまでは覚えているわ。記憶が曖昧だったのはそういうことだったのね」

「田中さん……」

俺の言葉に、彼女は少しだけ寂しそうに笑った。

「そのあとの記憶はもう途切れ途切れね。見知らぬ部屋にいたのを覚えているけど、あれは老人ホームだったのかしら。そして気付いたらこの店だった」

老婦人の寂しい言葉に副支配人は優しい顔になる。

「あなたは先日、中華街の近くの老人ホームで亡くなり、途中でこちらの店に迷い込んだのです」

「あらまあ。美味しい匂いに引き寄せられちゃったのかしら？」

キョンシーになって、とは言わなかった。彼女を傷つけないために、副支配人は言葉を選んでいる。

「あら、じゃあサトシくんはどうして一緒なのかしら？」

「そ、それは」

俺はちらりと腕のハンカチを見てから、すぐに笑みを浮かべた。

「店の前で、田中さんがずっこけたのを助けたんですよ、この副支配人さんと一緒に！　それで副支配人さんが食事にご招待してくれて、そのまま一緒に美味しくいただいちゃいました」

「何だかドラマの中の話みたいだけど、そんなこと本当にあるのねえ」

「だから『運命』って言ったんですよ！」

俺は調子よく付け足した。

そうねえ、と田中さんは大きな息をつく。

「そうかもしれないわね。私の『楽しくおしゃべりしながら、美味しい中華が食べたい』っていうお願いを、神様が最後に聞いてくれたのかも」

静かに田中さんの光が消えていく。指の先から手のシワが戻っていくのを見て俺は息を呑んだ。年齢が、戻っていく。

田中さんは本当に満足したように微笑んだ。

「サトシくん、副支配人さん、お話ししてくれてありがとう。楽しい時間だったわ」

「いえ、こちらこそ」

身体の光が急速に失われ、姿が老人に戻る。張っていた肌に再び時間のシワが刻まれていく。

「ああ、最後に一つだけお聞かせ願いたいのですが」

副支配人が静かに呼びかける。

「老人ホームでの記憶が終わってから、何か、覚えていることはありませんか。おかしな映像、ちょっと引っかかる音、何でもいい」

そうねえ、と田中さんは考え込んだ。

「そういえば、赤ちゃんの泣き声を聞いたような」

「赤ちゃんの？」

「幼い子供？　いえ、もっと幼い感じだったわね。息子たちが赤ちゃんだったころと同じ泣き声。もしかしたら聞き間違いかもしれないけれど。どうして？」

「いえ、ご協力ありがとうございます」

副支配人が言うのと、田中さんが大きな息を吐くのとは一緒だった。その息はキラキラと輝き、空に溶けていく。

田中さんはふと、フロアの向こう、出入り口を眺めた。その顔に、これまでよりもいっそう嬉しそうな笑みが浮かぶ。

「あら、あなた、迎えに来てくれたの？　嬉しいわ、ありがとう。ねえ聞いて、いまね、美味しい中華料理を食べて……」

すうっと淡い光も引いていって。

そうして消え去る寸前に浮かんだのは、優しい、満足したような、田中ヨリ子さんの最後の笑顔だった。

「あのご老人は一昨日、関内《かんない》の病院で亡くなった。だが何らかの理由により殭屍となり、この町に彷徨《さまよ》いこんだ」

副支配人の言葉が耳を素通りしていく。

俺の目の前では、身体に白布を掛けられた田中さんが静かに運ばれていくところだった。

「ご遺体は普通の人間に戻るんですね」

「殭屍は元来、死体に魂魄《こんぱく》が戻ることで妖異へ変ずる。浄化されれば魂魄は去り、遺体だけが残るのだ」

運んでいるのは白と黒の制服姿の二人組だ。警察官みたいな雰囲気だけれど、二人から生気は感じられない。もし死人の警官がいるならこんな感じかもしれない……そう考える俺の頭もぼんやりとしていて。

「田中さん、何でまたキョンシーなんかに」

「それは今後、我々が調査していくことだ。ひとまず今回の符食術の成功により、老奶奶の魂は冥府へ、そして遺体は殭屍から元の死体へと戻った。あとは葬儀社の霊安室へ戻され、火葬も予定通り行われるだろう」

副支配人の声も夢のように遠く聞こえるけど、これは確かに現実だ。

「キョンシーとか、そんなものほんとにいるんですね」

「初めて見たか？」

「はい、作り話というか、ファンタジーかと」

副支配人は皮肉っぽく口元をつり上げる。

「一般人にとってはファンタジーかもしれないが、これは現実だ。キョンシーは肉体を持つ中華神圏の妖異中華妖《ちゅうかあやかし》であり、何らかの理由でかりそめの魂魄を与えられた死体が、飢えから人を襲う。一九九五年の成都《チエンドウ》の事件では軍隊まで出動する騒動になった」

「実際に起こった出来事なんですか!?」

「他の年にも多発してはいる。だがそれらは人知れず私たちのような団体、多くはその町の土地神の配下たちが処理し、噂で終わらせるようにしているのだ。今回のようにな」

「じゃあ、さっきお皿を運んでくれた胴体男や少女たちも同じ」

「ああ、中華妖だ」

驚きを隠せない俺の前で彼はこちらを見つめた。

「桃葉娘《タオバイニャン》——給仕の少女たちは私の使い魔だが、刑天はこの町で自立する中華妖だ。彼らはきちんと自我を持ち、人間と共存する道を選んでいる。刑天などは点心師の免許も持っているぞ」

「す、凄い」

胴体男、そんな凄いやつだったのか。

こうして話している最中も、人形のような美少女は忙しく皿を片付けて厨房に戻っていく。使い魔——人間じゃないだって？　だから副支配人と同じ顔をしてるのか？　すべてが信じられない。今日見たキョンシーも。首のない胴体男も。

話だけ聞いたら、とても信じられなかっただろう。

だがすべて、この店の中で起こったこと。

お腹はいっぱいだし、噛まれた傷だってまだうっすらと疼く。俺は存在を確かめるようにハンカチの上から自分の傷を撫でた。

「この店は、いったい……」

「副支配人、お疲れー」

　やけに軽い声が響いてきて、俺は現実に引き戻された。

　いつの間にか隣に一人のおじさんが立っていた。ヨレヨレのトレンチコートを着て、いかにも刑事という感じだ。髪の毛はテカテカに撫でつけられ、愛想のよい笑みを浮かべているのに……何だか底知れない雰囲気がある。目が笑っていない。

「二人目のキョンシー老人、確かにお預かりしたよ。いやあ、助かるねえ。あと一人、ぜひがんばってよ」

「言われずとも」

「んもう、ユエくんったら愛想がないねえ。綺麗な顔なんだからもっと笑ったらいいのにぃ。そこのお兄さんもそう思うだろ？」

　いきなり話しかけられてびっくりした。びっくりしすぎて、あ、はい、と頷いてしまった。副支配人があからさまに眉をつり上げる。

　しかし刑事は慣れているのか、気にしない様子で笑顔のまま俺をじろじろと眺め回した。

「っていうか君、新人バイト？　人間だよね？」

「あ、いや」

副支配人が不機嫌そうに、ふん、と鼻を鳴らす。

「巻き込まれただけの大学生だ。殭屍に噛まれたので治療したまで。すぐに記憶を消して帰す」

「そうなんだ。災難だったねえ。でもこの店、人間バイト募集中だから、もしよかったらどう？　こんな無愛想美人もいるわけだし」

「間嶋《まじま》刑事、余計なことは言わないでいただきたい！　そちらの仕事はご遺体の引き取りだけと聞いている。済んだら疾《と》く引き上げを」

副支配人の声がささくれ立っている。おじさん刑事は、ひええ、とわざとらしく怯えてみせた。

「怖いよぉ、こんなおじさんに厳しいこと言わないでえ……」

カワイコぶりっ子みたいな真似をしてから、刑事はうっそりとした笑みを浮かべる。

「キョンシーの最後の一人も期待してるからね。なぜ彼ら彼女らが変化したのか？　誰がやったのか？　その辺も含めて、妖絡みの事件は妖の手で解決してもらわないとねえ。特に今回の件はさ」

「言われるまでもない。この事件を先んじて解決するのは我々だ」

「おっ、さすがユエくんヤル気だね！」

それから刑事はまたキャピッとした笑顔を浮かべて、えいえいおー、と拳を突き出した。まるでおっさん顔の女子高生だ。

「期限まであと一週間、桃源郷飯店、加油《がんばれ》！」

じゃ、と指をパチンと鳴らして去っていく。

「あの人は？」

「人間の刑事で、ああ見えて凄腕だ。神奈川県警には非公式に、今回のような人外と人間との間に起きた事件を解決する部署がある」

さらっと凄いことを言ってから、副支配人は急に俺の手をつかんだ。

「見せてみろ。……ああ、これならいいだろう」

ハンカチをほどくと、田中さんに噛まれた傷はほとんど消えていた。

「ってことはキョンシーにならずに済んだってことですか!?」

「そうだ」

「よかったあ」

ホッと息をつく。

「あの、副支配人さん、ありがとうございました。治してくださって、美味しい料理も食べさせてくれて」

「別に、お前のためじゃない。殭屍を増やさないためだ」

これまでと同じツンツン顔の副支配人だが、すぐに表情を改めた。

「こちらも一つだけ、お前に礼を言うことがある」

彼は両手を胸の前で合わせ、恭しく一礼する。おっ、三国志で見たポーズだ。確か、拱手《きょうしゅ》っていうんだっけ。

「お前は老奶奶に真実を話さなかったな。殭屍になったこと、嚙みつかれたこと。もしも話していたら、彼女は悲しみを抱いたまま冥府へ行くことになっただろう。配慮に感謝する」

「いや、咄嗟に言わなかっただけで、礼には及びませんよ」

俺は照れ笑いで頭をかいた。そりゃあ、祖母ちゃんと同じような世代の人を悲しませたくないもんな。

副支配人はふと目を細めた。

「大道《たいどう》五十、天衍《てんえん》四十九、人遁《じんとん》其一……中国の古いことわざだ。定められた道は五十、そのうち四十九は天の定め、人が為せるはただ一つ。そう、四十九の運命に対して人が動かせるのはたった一つだけ」

「たった一つ……」

「お前はさきほど『運命』という言葉を使った。それは天が定めたもの。だが人間は、ほんの少しであっても、天が定めた道を意思によって変化させ、運命の結末を変えることができる。お前もそうしてくれた」

　俺は息をついた。運命を変える。そんな大それた気持ちはなかったけれど、結果としてそうなったのなら嬉しい。田中さんを見送った切なさが、ちょっとだけ、前向きな気持ちに変わったような気がした。

「少しでもお婆さんを救う手助けができたならよかったです」

「お人好しだな、お前は」

　表情を緩めかけ……彼はすぐに眉をつり上げた。

「だが言い換えればお節介ということでもある！　さっきの話はいいとしても、なぜ、最初の時に割り込んできた？　あれによってお前は殭屍に噛まれ、危うく同族になるところだったのだぞ。符食術がなかったらどうするつもりだったのだ！」

　うわ、いきなり怒りだした！　やっぱりこの人ツンデレ!?

　でも善意で介入して負傷までしたのに、そう言われるとさすがにムッとする。

「俺だって怖かったんですよ！　でもあなたを助けようと思って飛び込んだんだ。俺が来なかったらあなたが噛まれていたかも」

「お節介なうえに考えなしというわけか。こちらの手間は倍増したのだが？」

「うっ、それはすみません。だけど、最初に田中さんの『空腹の声』が聞こえちゃったんだから仕方ないでしょ。失敗するかもしれない、後悔するかもしれない。それでも腹ペコの人がいるなら放っておけない」

俺はきっぱりとそう言った。

副支配人は険しい顔のまま、腕組みをする。

「空腹の声を聞く……それは、さきほど言っていた『能力』か？　あまり聞いたことのない力だが」

「さっき見せたでしょう。でも疑うのもわかりますよ、謎のポンコツ能力だし。じゃあ証拠として、いまのあなたの心を覗いてみましょうか？　さっきからお腹空かせてますよね？」

ハッとしたように彼が顔を上げた。

同時に、閉ざされていた心が少しだけ俺の方へ漏れ出す。情景が風のように心へ広がる。

――木もまばらな岩山。強い北風に雪が交じっている。

――立ち並んでいるのは墓標。その前に跪いて泣く白い影。

――腕に抱いているのは痩せこけた遺体だ。

――私には何かを食べる資格どころか、生きる資格さえない……。

白い影は副支配人だった。悲しみ、辛さ、絶望、そして飢え。さまざまな感情でこちらの心まで痛いほど。

軽い気持ちで踏み込んだのに、こんな重たいものを抱えていたなんて。俺はぎゅっと手を握りしめた。

「何があったかわからないけど、ずっと昔からお腹が空いているんだね……それなら、何か食べた方がいいよ。誰にだって、食べる資格はあるから」

俺の言葉に副支配人は目を丸くし、それからスウッと細めた。同時に心の中が見えなくなる。

「なるほど、能力は本物のようだな」

さて、と彼は無表情に戻り、ひやりとした視線をこちらに向けた。

「もう宴は終了だ。お前を現実の世界に帰す」

彼の指がお茶の上に紋様を描く。

あ、もしかしてこれ、記憶を消される？

「それって、美味しかった記憶もこの店でのやりとりも全部忘れちゃうってこと!?」

「そうだ」

「そんな急に！」

俺は動揺する心を抑えつつ、彼をまっすぐに見た。

「記憶を消したって、過ごした時間が消えるわけじゃないはずだ。あなただって、あれだけ心を尽くしたおもてなしをしてくれたんだから、その時間が消えるのは嫌じゃないのか？」

それに、と俺は視線を強める。

「俺がここの店長さんに助けられたことはどう処理する？　あの記憶だけは絶対に消させないからな！　店長さんやあなたと出会ったことは確かに運命なんだから！」

「運命……便利な言葉よね！」

突然聞こえた声に、俺は驚いて顔を上げた。

「でも悪くないわ。運命をどう料理するかっていうのは、結局その人次第なんだし」

店の奥から、背の高い人物がカツカツとヒールを鳴らして歩いてくる。

年齢は二十代後半くらい。背は俺と同じくらい高いし、体型も声も確かに男性だ。だが緩くウェーブしたピンクの髪には赤いメッシュを散らし、中性的で外国人っぽい顔立ちにはバッチリと派手めのメイク。お洒落なニットとレザーパンツで長身を包み、足下は黒のピンヒールまで履いていた。

えっと、雰囲気からするとオネエさん、かな？

燃えるような髪のその人は、ねえ、と言って俺の顔を覗き込んだ。

「その運命の出会いを生かして……うちで働かない!?」

「えっ!?」

俺が驚くのと同時に、オネエさんはパンッと両手を合わせてこちらを拝んだ。

「私はここでメイン厨師をしている火門《かもん》っていうんだけど。お願い！　実はうちの店、人手不足なの！　だからぜひバイトを！」

その言葉に慌てたのは副支配人だ。

「灶君《とうくん》、何を言い出すんだ！」

「あらぁ、料理人やらバイト厨師やら、ケンカして次々と追い出したのは月楽《ユエル》、アナタよね？」

火門と名乗ったオネエさんがビシッと指さしたのは、レジの脇にある『厨師・厨房バイト急募！』の貼り紙。

「店長が入院してから一年間、いったい何人の人間料理人とバイトを辞めさせたと思ってるのかしら？」

詰め寄る剣幕にさすがの副支配人も黙る。

火門さんはくるりと俺の方を向くと、お願い！　と再び両手を合わせた。

「一週間でもいいの！　ここから一週間が山場なのよ。平均給与の三倍は出すわよ？　ついでに三食賄い付き！　余った食材も付けちゃう！　どう!?」

「三倍!?　三食賄い食材付き!?」

あまりの好待遇に俺はクラクラした。

でも……よりによって飲食店バイトなんて、俺にできるだろうか。

俺の動揺を見逃さず、オネエさんはすべてを見抜くような眼差しで俺を見据えた。

「ごめんなさいね、さっきのやり取り、気になって少し聞かせてもらったの。それだけ強くて中途半端な能力だと、ずいぶん苦労してきたんじゃない？」

「まあ、いろいろと」

わかるわあ、と火門さんは優しく微笑んだ。

「人生いろいろ、人それぞれ。でも、この店で働くなら、能力の制御方法を教えてあげられるかもよ？　……アタシじゃなくて、月楽が」

「えっ、本当ですか!?」

目を丸くする俺に、火門さんは副支配人を見ながらうんうんと頷く。副支配人は極めて渋い顔になった。

「……同時に鍛錬も必要だが」

「すべては運命だと思って、ね、どうかしら!?」

運命か。俺の心はぐらりと大きく揺らいだ。

このポンコツ能力と、地味なトラウマの積み重ね。

そのすべてが大きな運命の一部だというのなら……思い切って流れに乗るのが正解かもしれない。

俺はごくりと唾を飲み込み、頷いた。

「わ、わかりました。まずは試しに一週間、厨房だけってことで」

「やったあ！　決まりね」

オネエさんはパチンと手を打ち合わせてから俺の手を強く握った。

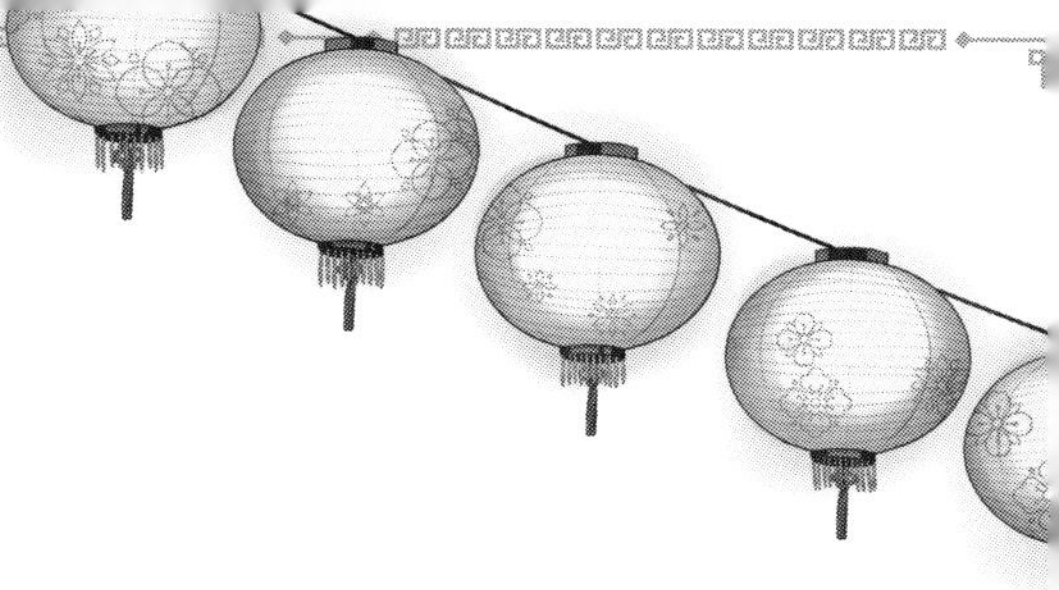

第二餐

優しさたっぷり！春野菜とアサリの中華粥で能力開花!?

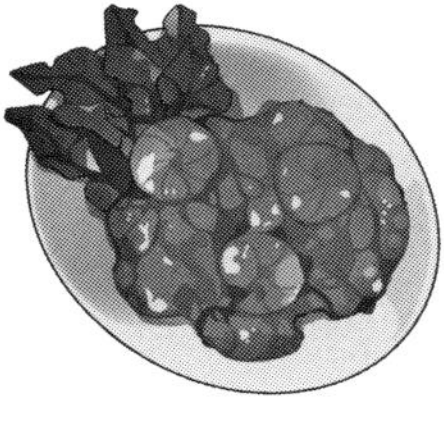

駅のエスカレーターを降り、大きく息を吸い込む。

二月の朝、冷えた空気は心地いい。昇りかけのお日様が中華街の華やかな門をきらきらと照らしている。

キョンシー騒動からまさかのアルバイトが決まった、次の朝。

俺は再び横浜中華街を訪れていた。

中華街には全部で十基の門……正確には『牌楼《パイロウ》』がある。いま通った門が『善隣門』。元町《もとまち》・中華街駅に一番近く、観光ガイドの表紙にも使われる有名なやつだ。

ネットの情報やガイドブックによれば、一九五五年に初めてこの門が建てられた時は『牌楼門』と呼ばれ、現在から比べると非常に質素な門だったとか。

それまではこのあたりは南京《なんきん》町と呼ばれていたが、門の看板に『中華街』と描かれたことでその名称が定着していったらしい。

やがて一九八〇年代のグルメブームに乗り、中華料理店が激増して街並みが一気に整えられた。増加した観光客を迎えるように他の門も次々に建設され、一九八九年に『牌楼門』は『善隣門』に建て替えられて現在の姿になったというわけだ。

町の中に一歩足を踏み入れれば異国情緒が漂う。

赤い柱と屋根、金色の飾りと共にずらりと並ぶ中華料理店。ショーウィンドウの中華雑貨は見ているだけでも楽しい。俺はマンガの『三国志』が大好きなんだけど、この街にいると少しだけ、その雰囲気を感じられるような気さえする。

さすがにこの時間帯だと人もまばらだが、お粥店にはすでに長蛇の列ができている。遠くから聞こえるのは横浜港の汽笛だろうか。

異国情緒があってノスタルジック、なのに街並みは騒がしくて、楽しくて。歩いているだけでワクワクする。今日からしばらくはこの町の一員として働くのだ。

にしても、飲食店バイトか。

おまけに、妖退治までする特殊な中華料理店だなんて。

このポンコツ能力を抱えたまま、上手く働くことができるのだろうか。ちょっとまだ自信がない。

中華街の細い路地を曲がると、奥にはあの建物があった。

朝日を浴びる桃源郷飯店は昨日よりずっと明るく現代的に見える。

入り口の脇で真っ白なあの着物――漢服というらしい――を着た人物が植木に水をあげている。

王月楽《ワンユエル》。

俺がこの店に勤めるきっかけになった、綺麗すぎる顔立ちの青年。

黒髪に一筋の白髪、深い菫色の瞳に白皙《はくせき》の肌。左目の下のほくろがまた艶っぽい。

この店の副支配人であり……何と仙人だそうだ。

インターネットで調べたところによると、仙人とは道教の指導者で、中でも特別な資格を得た人々なのだとか。何も食べなくても不老不死だし、すごい仙術も使えて、空まで飛べるらしい。

昨日聞かされた時にはさすがに絶句したが、あの騒動を経たあとでは納得するしかなかった。殭屍、中華妖、それに仙人。この華やかな街の片隅には確かに俺の知らない世界が息づいている。

視線の先で彼が顔を上げた。俺は慌てて背筋を伸ばす。

「副支配人さん……おはよう、ございます」

「遅い」

「えっ」

いきなり言われて面食らった。あれ、でも。

「確か、九時半から始業って」

「見習いのうちは先輩たちよりも早い時間に来るのが新人の務めだろう」

彼は厳しく言い放つ。

うーん、と俺は困ってしまう。何となく昨日から感じていたことではあったけれど、もしかしてこの人と俺、あまり相性がよくないかも。

彼の心を、その奥の記憶を読んだのを恨んでいるのだろうか。

「私はまだお前を雇うことを完全に認めたわけではない。灶君が言った通り、期間限定、一週間だ。いいな」

俺は不安を抱えつつ、彼のあとを追うしかない。

だが、店内に入るとその不安は吹き飛ばされた。

「キャー、人手不足の我が店に、救いの神ならぬ人間店員くんよぉ！　ようこそ！」

あの厨師オネエさん、火門さんが待っていてくれたのだ。

昨日とは違って白いシェフコートに白いパンツ、足下は相変わらずピンヒールだがそれが彼女の長身によく似合っていた。俺は深々と頭を下げる。

「今日からお世話になります、よろしくお願いします」

「まあ、丁寧なご挨拶ありがとう！　こちらこそよろしくねっ」

改めまして、と火門さんは微笑んだ。

「この桃源郷飯店で支配人《オーナー》兼厨師長を務める火門よ！　何でもわからないことは聞いてね！」

「はいっ」

この火門さんもまた人ではない。竈神《かまど》……現代でいうコンロを守る神だそうだ。中華圏では竈王、竈君など複数の呼び名があり、副支配人は呼び慣れた『灶君』という名前で呼んでいる。

「何しろ炎の神だからね、ここの火加減は全部アタシがチョイチョイよ！」

パチンと指を鳴らすと空中に炎が現れる。しかも赤とピンク色の不思議な炎だ。

「うわ、魔法使いみたい。火を操れるって、何かカッコイイですね」

「でしょ？　でも本来の竈神は司命神って言って、人間を観察してその行いを中央神仙庁である太微《だいび》玉清宮《ぎょくしんぐう》へ報告に行く任務がメインなのよ。割と地味だから自己紹介だけは派手にしてるってワケ」

ちなみに火門さんは『神』なので性別不詳であり、身体はお兄さん、心はお姉さんだと思ってほしいとのことだった。

「神様なのに人間の料理を作るんですね？　どちらかというと、料理を供えてもらう側では？」

「そうなのよぉ。本来なら料理だのお酒だのもらって人間まわりを調査するだけのチョロい仕事なんだけど、木村《きむら》店長が入院しちゃってるから、やむなくメイン厨師代行、ってわけ」

「木村さん……入院なさってるんですか？」

「一年くらい前に病気で倒れてね。たぶんサトシくんとはその直前に会ってるのよ」

火門さんは明るく言ってウィンクする。

「アタシに料理を教えてくれたのもそのキムさんなの。焼物なんかを手伝いがてらちょいちょい教えてもらってたんだけど、厨房を任されてからドハマりしちゃって！」

「あ、わかります！　料理ってちゃんと作ると結果が伴うところが最高ですよね」

「本当それ！　サトシくんはどこで料理始めたの？　やっぱり能力絡み？」

「能力というより、お腹を空かせた家族のため、ですかね」

このポンコツ能力の人生への影響力はいつでも大きかった。好きな子や先生の本音を覗いてしまったり、空腹時のいら立ちを目の当たりにしたり。

ただ、嫌な能力であると同時に、料理を始めるきっかけになったのも事実だ。

小学五年生のころ、両親共働きの我が家は同居の祖母ちゃんが夕食を作っていた。

だがその日は具合が悪く、なかなか準備に取りかかれずにいた。

――みんなのご飯を作らなきゃいけないけど、調子が悪くて困ったねえ……。

その気持ちを読んでしまった俺は、一念発起して夕飯作りを引き受けた。祖母ちゃんの指示のもと、玉子焼きと焼き鮭、ご飯と味噌汁を作って。

それまでも簡単なお菓子作りをして、家族みんなに喜ばれたり褒められたりしていた。だがその日の反応は何もかもが違っていた。

——うわあ、これサトシが作ったんだ。凄いな。

——ありがとうサトシ、美味しいわ。

父母はもちろん祖母ちゃんもすごく喜んで、何度も俺の頭を撫でてくれた。

——嬉しいねえ、こんなに美味しいご飯を作ってくれるなんて。

家族の、そして祖母ちゃんの喜びが心の中に押し寄せ、自分の喜びに変わる。俺はその日初めて、お腹を空かせて困っている人に食事を作ってあげることの真価を知ったのだった。

中学一年からは時々ではあるが家族の食事を作り、高校に上がる頃には買い出しから一週間の献立、家族の夕飯まで担当するようになっていた。いわゆる主婦高校生みたいな感じで、みんなが喜んでくれるのが嬉しかった。

「へえ。そんな腕前なのに、飲食系のバイトはしなかったと」

「これまでもいろいろありましたから、家族以外の腹ペコの人に囲まれるのはちょっと怖くて」

それに、と言って少しだけ目を伏せる。

「美味しい料理で家族を喜ばせたい、って思っていたのに、その料理を最初に教えてくれた祖母ちゃんを腹ペコのまま死なせてしまったんです……」

祖母ちゃんが認知症と診断されたのは中学の時だ。病状は悪化し、施設に入ってからは坂を転げ落ちるように体力が失われ、食事も食べられなくなっていった。

それでも俺は亡くなる直前まで、毎週のように好きなものを持っていった。最初はちょっとしたおかずを、最後のころは上手く飲み込めなくても食べやすいようにプリンやゼリーを。喉に詰まらないようやわらかく、それでも美味しくする研究も欠かさなかった。

でも祖母ちゃんは結局、空腹のまま亡くなった。

「その後は大学受験も失敗しちゃって、そこからは料理のヤル気も半減しまして」

祖母ちゃんのことは本当にショックだったし、いまでも思い出すと胃がギュッとなる。俺に料理の楽しさと喜びをくれた人なのに、最後の最後に満腹にしてあげられなかった。

「そう、それは辛かったわね」

ぽん、と火門さんはその大きな手で優しく肩を叩いてくれた。

「それでもうちのバイトに応じてくれてありがとう。辛いことがあったら言ってくれていいからね」

「大丈夫です、自分で選んだことですから。それに、この出会いが『運命』なら」

「何かを変えられるかも、ってことよね」

大きく頷いて火門さんはパッと笑顔になった。

「うーん、最高に人間らしくていいわね！　葛藤、迷い、それこそ人生！　アタシたち竈神って人間の人生を観察して上司に報告するのも任務でしょ。アタシはその中でも人間が努力で運命を変えてハッピーエンドになるのを見るのが最高に好きなの！　恋愛ドラマとか、ロマンス小説みたいにね！」

「そ、そうなんですね」

「そう！　サトシくん、アナタとってもいいわよ、一緒にがんばって、イイ感じに料理できるよう模索しましょ！」

ガシッと手を握られてブンブンと振られる。ちょっと強引だけど包み込むような握手に、俺は大きな安堵の息をついた。

「オイラは初見だよな！　よろしく新人！」

いきなり横からかわいい声が上がった。でも周囲を見回しても人影はない。

床を見れば一匹の犬。実家で飼っていたのと同じパグ犬だ。

いま、確かにこいつが喋ったんだよな!?

「オイラは仙犬《せんけん》の福福《フウフウ》ってんだ。一応ほら、翼もある」

頭には中華の丸い帽子、背中には小さな白い翼が生えている。パタパタと翼を揺らす姿がぬいぐるみのようだ。うーん、撫でたくなるなあ。

「よーしよし、イイ子、イイ子。飼ってたコタロウを思い出すよ」

「犬扱いすんなよ！　俺は犬精霊の中でも修行を積んだ仙犬で……うわあ……気持ちがいい……お前、只者じゃないな……くそ……もっと撫でて……」

福福はあっという間に床にゴロンと寝転がり腹を出してしまう。俺は慣れた手つきでその首からお腹をワシャワシャと撫でてやった。いきなり喋ったのにはびっくりしたけど、その可愛さは普通の犬と変わらない。

ふと視線を感じれば、副支配人が冷ややかに俺たちを見下ろしている。

「福福、無様な姿をさらすんじゃない。浮かれるのもほどほどにしろ」

「す、すみませんご主人サマ！」

福福は慌てて起き上がり、火門さんは、あら、と唇を尖らせた。

「そりゃあ久しぶりの人間店員だもの、浮かれもするわよ」

「人間なんていくらでもその辺を歩いているし、毎日食べに来るだろう」

眉を顰める副支配人だが、火門さんも一歩も譲らない。

「店員の話をしてるのよ！　そんなふうにツンツン言うならあんなにホイホイ追い出さなければいいのに」

「向こうが勝手に怒って去っていくだけだ」

「それ、それよ。そういうアナタの態度が問題なのよ？　もう少し愛想よくできないわけ？」

「これが私の素だ。馴れ合うつもりはない」

ツン、とそっぽを向いた彼の態度は確かに人付き合いを拒絶しているように見える。

「ご主人サマも灶君も落ち着いてくださいよう……」

オロオロする福福の前で火門さんは盛大なため息をつき、副支配人にビシリと指を突きつけた。

「はっきり言っておくけど、今回のサトシくんの指導担当はアナタだからね！」

これにはさすがの副支配人も驚いたようだ。

「なぜ私が!?」

「だって歴代のバイトがみんな辞めちゃったのはアナタのせいでしょ？　私、すぐ辞めるバイトにイチから教えるのはもう疲れたの。それにアナタ副支配人でしょ？　この店を陰で支えるワケでしょ？　アタシは殭屍《キョンシー》事件への協力で忙しいし、厨房の説明はやるけど、ひとまず店とか店内とか、特にこの世界の説明はよろしく頼んだわよ！　ほら、福福はおいで！　ランチデリバリーの打ち合わせよ！」

早口でまくしたて、そうだ、と火門さんは再び指を突きつけた。

「それこそ、師弟《おとうとでし》だと思ってしっかりね！」

とびきりの笑顔を置いて彼女は去っていく。福福が名残惜しげにこちらを見ながらあとを追いかけていった。

「あの、副支配人さん」

彼はゆっくりと顔を上げた。うわ、苦虫を十匹まとめて噛みつぶしたような顔をしている。

「その呼び方はやめろ。ユエとか、月楽《ユエル》でもいい。とにかく敬称はいらないし、師弟などもってのほかだ。そういう身分ではないから」

「じゃあ……月楽、さん」

「私は謫仙《たくせん》だ。さん、はいらない」

「謫仙？」

「地上に堕《お》とされた仙人、ということだ」

さらりと凄いことを言う。俺が返答に戸惑っていると。

「お前が私を呼び捨てにすれば、私も遠慮なく呼び捨てにできる。わかるな？」

「なるほど、そういうことなら、月楽と呼ばせてもらうよ。俺はサトシでいいから」

「わかった」

月楽は大きなため息をつき、表情を改めた。

「安心しろ、責務はきちんと果たす。昨日話したことは覚えているか？」

「ええと」

昨夜、あの事件が落ち着いたあと、俺は火門さんや月楽と小一時間ほど話をした。

「火門さんと二人でこの店を取り巻く世界のことを教えてくれたよな」

まずこの世には人間以外のさまざまな神や種族が『実際に』存在している。彼らは秩序をもってそれぞれ独自の世界系統を形成しており、人間たちはそれを大雑把に『宗教』とか『神話』などと呼んでいる。

火門さんや月楽が所属しているのは、その中でも中華道教に関係する系統、すなわち『中華神圏』という組織だ。

中華神圏の中には現在、大きく分けて三つの世界がある。

神仙の住む空の上は『神仙界』。人間が住む地上は『地上界』。そして妖鬼や死んだ人々が住む地下は『冥界』。この三つを合わせて三界と呼ぶのだとか。

「そして神々と仙人、人間とそれ以外『人でないもの』……中華妖がいるんだっけ」

「そうだ。そもそも中華の神々については多少なりとも聞いたことがあるか？」

「あ、知ってる。関帝廟とか」

「三国志の関羽《かんう》や、海の守り神媽祖《まそ》など、この国でも有名な神は多いからな」

日本の神々の多くが一族組織であるのに対し、中華の神々は基本的に中央官僚組織だという。有力な精霊や人間、中華妖などに対して中央の神仙官庁が官位を発行し、彼らを組織して三界を統治させている。だから道教は血のつながりのない、その代わりに知名度の高い人間上がりの神仙が多いのだとか。

「火門さんも神、なんだよね」

「灶君は竈神であり、家や土地に着く神だ。地方天官、いわば地方官僚として官位と役目を持っている」

うーん、と俺は腕組みした。

「昨日の説明によると、日本にも独自の神圏だっけ、それがあるって話だけど、別文化の神々はケンカしたりしないのか？」

「心配無用だ。この中華街で活動するにあたって日本神圏のトップ組織『高天原《たかまがはら》』の許可は取ってある。人と同じく、神々にも手順と礼節、独自の信頼関係があるのだ」

それに、と月楽は少しだけ懐かしそうな目をした。

「中華圏から日本に渡った文化は多いが、その際に中華妖たちの一部も日本へ渡っている。だから日本妖怪の多くは中華妖と親戚関係にあり、つながりが深い」

「えっ、そうだったの!?」

「日本神界は世界一緩い神界であると言われているからな。敵対行為さえしなければ、大抵の神々や妖異を受け入れてくれる。他文化の私たちが心配になるほどだ」

「まあそれはわかる」

俺たち日本人にも自覚はある。年末は特にそうだ。クリスマスを祝い、除夜の鐘を突きに寺院へ行き、その足で神社へ初詣に行く。

「その代わり、昔から国家組織には人外を駆逐するための組織が常設されている。これが世界屈指の強さでな。平安の陰陽寮から始まり、いまでは警察の中にもある。ほら、昨日見ただろう」

「ああ、神奈川県警の刑事さん」

「神が緩い代わりに人が秩序を守ろう、という気持ちの表れだろうな」

ふう、と息をついて彼は涼やかな目でこちらを見つめた。

「今日は店の説明と、この店の根幹である『なぜ人外に料理を提供するのか』というところから入るとしよう。まずはこれを」

月楽は懐から何かを取り出し、俺の方へ差し出した。

「これは、店員証？」

倉庫バイトで使っていたのとよく似た、ネックストラップ付きのカードだ。表には俺の名前、裏には不思議な紋様が書かれている。

「桃仙符呪を描いた店員証であり、護符の役割も果たす。身につけていれば中華妖や神仙などすべての姿を『視る』ことができ、さらに妖術や魔術、異能による干渉をある程度まで軽減することができる」

「異能ってことは、俺の能力も？」

「ただ、お前の能力を制限するというよりは、この店員証を付けている者をお前から護る、というものだが」

あくまで『軽減』だ、と月楽は繰り返した。

「普遍的ゆえに絶対の能力ではないから、空腹が強ければそれなりに漏れ出してしまう。お前自身が能力を操れるよう鍛練するのは必須だろう」

「まあそういう話になるよな」

「大事なことは『店員証は万遍なくすべての悪術から身を護ることができる』という点だ。逆にこれを忘れると、この店の中でもどうなるかわからないぞ」

月楽の顔に不吉な笑みが浮かぶ。

「ここは人と『それ以外』のすべての者に食事を提供する店。そしてお前は店長不在のいま、従業員の中で、唯一の『人間』なのだからな。さ、行くぞ」

彼は身を翻して廊下を歩き出す。

俺はごくりと唾を飲み込み、慌てて店員証を首に掛けた。

顔を上げた俺はふと、階段の方に気配を感じた。

何だろう、小さな影……猫？

だが詳細を確かめる前に、影はふっと消えてしまう。

「ま、待って、置いていくなって！」

ゾワゾワする背中を我慢しつつ、俺はまたしても月楽の背中を追いかけていくハメになった。

桃源郷飯店の建物は地上六階、地下一階の細長いビルだ。

地下一階は倉庫。一階が人間用フロア。

二階が厨房と休憩室と個室エリアで、三階が人外用フロア。

四階が事務室と第二倉庫であり、五階が月楽、六階は火門さんの住居なのだそうだ。

こうしてまとめると簡単だけれど、各フロアにいろいろな要素があり、仕組みがあり、それを支える道理がある。

「この店は人間とそれ以外の両方を客とする店だが、客として入れる人間は原則として特殊能力のない者だけだ。霊感が強すぎたり、特殊能力を持っていると、店内の人外に反応して混乱を来す場合があるからな」

「もしかして、俺がこの路地を見つけられなかったのはそのせい？」

「ああ、路地のところで選別するような符術陣を掛けてある。店内にも同様の仕組みがあり、人間と人外がそれぞれ入れるフロアを分けている」

「飲食するエリアが違う、ってこと？」

「そうだ」

月楽は歩きながら詳しく説明してくれた。

どうやら建物には特殊な術が掛けられていて、同じように正面入り口から入ったとしても人間は一階、人外は三階に足を踏み入れてしまうらしい。二階は予約客のみの許可入場制だそうだ。

昨日俺と田中さんが入ったエリアは三階の人外フロアだったようだ。たぶんそれは俺がキョンシーになりかけてたせいで……だから刑天も確認していたのだろう。

すべての階に出入りできるのは護符をさげた店員だけというわけだ。

「人間と人外のフロアを分けるのは、もしかして」

俺が言うと、月楽は深く頷いた。

「中華妖、それに神々も、昔は人を食して生きていた。いまは三界にまたがる法規で禁じられているが、どの世界にも悪党はいる。そもそも人外の主食は昔から人間や生物なのだ。正確には、生物が持つ『霊力』だがな」

月楽曰く、中華妖だけでなく、すべての人外たちにとって生命エキス——霊力はごちそうなのだという。だから昔はどの国でも人外たちが生物を、そして人間を食べ、人間を護る神々はそれを取り締まるのに躍起になった。

しかしそのうち、人間の作り上げた大都会に生活を移す中華妖が出始めた。

こうなると神が目を光らせているだけでは立ちゆかない。都市には自然が少ないから、自然霊力の摂取もできず、改めて人間食いが問題となり、人間と人外との共存の方法が望まれて……。

「そうして生まれた組織の一つが『霊力を提供する料理店』だ。桃源郷飯店は開港直後にこの地に開店した。人間の安全を守るため、横浜界隈で生きる中華妖や人外たちに霊力を中華料理として提供するために作られたわけだ」

「なるほどねえ」

「この店は天上界、地上界、冥界、すべての合意の下に営業している、いわば架け橋となる店だ。当然、人間側からは万全の安全性を求められる。だからいまでも責任者を人間にし、フロアも分けているのだ。そしてもう一つ」

二階の入り口に着いたところで月楽は手を高く上げた。

「印陣顕現《いんじんけんげん》！」

床と天井に、ぼうっと大きな光の文字が浮かび上がる。

「これがこの店の根幹である『霊力転換炉』だ」

ふ、と息をつくと月楽は手を下げた。同時に光の模様も消える。

「この建物が階を分けて人と人外を入れているのは、人間の霊力を効率的に吸わせるためだ。一階に人間を入れると自然と彼らの霊力が立ち上り、二階の厨房の食材に染みつく。それもろとも料理して、三階の中華妖たちに出すというわけだ」

「凄いシステムだね！」

「霊力は感情や気力にも直結している。できるだけ人間の客の笑顔と満足感を増やすことによって霊力も増え、三階に出す料理も美味しくなる」

「いろんな仕組みがセットされてるんだなあ」

　俺の言葉に月楽は深く頷く。

「開港より約一五〇年。灶君をはじめ、さまざまな神仙、人間、中華妖たちが平和的共存のために知恵を集めて作り上げた店だ。この店自体に思いが込められている」

　そっと壁を撫でる手が優しい。

「そういや、月楽はいつからこの店にいるの？」

　一瞬、月楽は動きを止め、それからゆっくりと俺を見た。

「もう一八年になるか」

「結構長いんだね」

「神仙から見れば一瞬だ」

その先には階段の踊り場があり、壁には写真がいくつか掛けられている。

古い古い建物の写真と、昭和初期だろうか、町の様子。

それから、それよりは少しだけ新しい、店の前で写した集合写真。

大勢の人の中には頬に傷のある木村店長と、それに月楽もいた。

店長はまだ五〇歳くらいで俺が会った時よりずいぶん若い。だが、火門さん、それに月楽の顔は変わらない。二人とも現在のままだ。

「顔が……変わってない……」

「私は仙人だし灶君は神だからな」

「神はアレとしても、月楽はいったい何歳なんだ？」

うん、と素直に頷いてから月楽はちょっと考える仕草をした。

「二〇〇〇歳とちょっと」

「に、二〇〇〇!?　超ご長寿じゃん！」

「だが仙人としてはまだまだ新参者だ」

「でも、そんな仙人がどうしてこの横浜に？」

何気なく出た言葉だったけど、月楽は表情を変えて目を逸らした。

「……流れてきたところを、木村店長に救われたのだ。拾われた、というか」

「拾われた？」

「この町ではよくあることなの。港町だもの、人間も中華妖も、時には神や仙人も流れてくるってわけ」

階段を上がってくるのは火門さんだ。腕に何やら袋をぶらさげている。

「今日使う食材を地下倉庫から取ってきたのよ。説明は終わった？」

「ああ」

「ご苦労様。アナタの仕事は確かだものね！」

明るく頷くと、火門さんは懐かしい眼差しで壁の写真を眺めた。

「このころはキムさんも若かったわねえ。昔気質《かたぎ》で、お節介で、困った人を放っておけないタイプだったの。猫でも人でも中華妖でも何でも拾ってきて。頬の傷だってケンカの仲裁でつけられたのよ」

ああ、と火門さんは俺を見て笑った。

「サトシくんにちょっと似てるわね！」

「えっ、そうなんですか？」

だが月楽は渋い顔をする。

「そうか？　木村店長の方が品格もあるし、知識も優しさも」

「だから、ちょっと、って言ってるじゃない？　助けてもらったからって贔屓《ひいき》目が凄いわね」

んもう、と息をついてから、火門さんはどこか楽しげに月楽を眺めた。

「あの時は本当にびっくりしたわね。キムさんたら、夜の散歩から帰ってきたと思ったら凄く汚いボロボロの塊を担いでいるんだもの。『山下公園で拾った』って。おまけに洗ってみたら、こんな顔のいい仙人が出てくるんだもの、ねえ？」

「こ、こら、やめないか」

火門さんが妖しい手つきで月楽の顔を撫で回す。月楽はさらに憮然とした表情になる。が、抵抗しないところを見ると慣れているのか、それほど親しいのか。

「そのあとは食事に対する知識が豊富な食仙だとわかって、この店の副支配人になってもらったのよね。店長が入院するまでは本当に三人三輪車って感じで上手く店を回してたんだけど」

「店長さんの入院は、ご病気、ですか？」

おずおずと聞いた俺の言葉に、火門さんは悲しげに頷いた。

「開店準備をしていた早朝に店で倒れてね。心筋梗塞だったのよ。運ばれた時にはもう症状が進んでて、何とか一命を取り留めたけど、それ以来ほとんど意識のない状態で寝たきり」

「いまも？」

「……まあ、ね」

火門さんが意味ありげに月楽を見て、ふうっと長く息を吐いた。

「あの時のことはアタシも後悔してるの。少し前から胸が痛いって言ってたし。春節の前後だったから『こんな時に休めるか』って強情張ってたけど、ケンカしてでも休ませるべきだったなあって」

「神様なら、何とかできたりしないんですか？」

「逆よ、神だからこそ、何の介入もできない」

火門さんは手を掲げ、手のひらを上に向けた。そこに小さな火が灯る。

「生き物は大いなる道《タオ》の上に生きている。その流れを変えられるのは生き物自身のみ。神が介入してしまったら倫理を崩すことになるわ。積み上げた世界と時間、それに彼らの尊厳を壊すことになる」

火門さんはぎゅっと手を握りしめた。小さな火も消える。

「生き物のやり方に則って、共に努力するのはいいのよ。でも大きすぎる力で何でもアリにするのはダメ。運命の流れを歪めることになるの。昨日も言ったじゃない？

天の定めが四十九、残り一つを動かすのが人の力だと」

「なるほど、同じなんですね」

「でも、その一つの可能性を積み重ねてきたのがこの店でもあるわけだから、諦めないで進むことも大事ってわけ。……二人共、ビルの中を歩いて疲れたでしょ？　休憩室でお茶飲んで。それから、今度は厨房と料理のことを教えるから」

　火門さんが明るく言い、ビシッとした足取りで階段を上がっていく。その姿は確かに、この店の竈というか、燃える炎みたいな明るさを振りまいていた。

　諦めないで進むこと。うん、確かにそれは大事だよな。

　あの日、店長にもらった肉まんの美味しかったこと。せっかくこの店にたどり着いた運命なのだから、そこは諦めずにきちんとお礼を言いたい。

「仕事になじんだら、いつか、店長さんのお見舞いに連れて行ってくれないかな？　肉まんもらったお礼が言いたいんだ」

　月楽に言うと、彼は少しだけ視線を下げてから、ああ、と静かに頷いた。

軽くお茶を飲み、ロッカールームで身支度を整えてから俺たちは厨房へ向かった。

「あら刑天、いま出勤？」

火門さんの声に、調理台の前にいた刑天がこちらを向く。

「おはよーございます！　おっ、サトシも早いな！　今日からよろしくだぜ」

さすがベテラン点心師、すでに腰までのシェフコートを着て、しっかり社員証をぶらさげている。準備は万全のようだ。

「厨房、驚くほどピカピカですね！」

ぐるりと見回した厨房の様子に俺はため息をついた。

初めて入った厨房はアルミ製で、まぶしいほどに輝いて見える。壁際には業務用冷蔵庫と大きなオーブン、独特な丸っこい形のものは中華鍋用コンロだろうか。

脇のワゴンにはずらりと銀色のカップが並んでいる。あ、これテレビで見たことある。中華の調味料ってこうやって並べておいて、お玉ですくって使うんだよな。

中央には作業台があり、天井付近には大きな二連の液晶画面がどーんと下がっている。オーダーが即時に反映されるキッチンディスプレイ機能に加えて、フロアの様子もしっかりと映し出されていた。

「凄い、キッチンディスプレイにフロアモニターが合体してて、巨大なアルミの冷蔵庫もオーブンも……最新機器のオンパレードじゃないですか！」

「そっか、サトシくん工学部だっけ。フフフ、テンション上がるでしょう。キムさんもアタシも新し物好きでね、ここはいつでも最新式よ！　店長が入院しちゃって、アタシがメインで鍋振ることになったからスチコンも入れちゃった。おまけにこのモニターは特注品！　多機能で便利なのよね」

「そっちのコンロもデッカい！　この炎を火門さんが操るわけですね」

「自由自在よ！」

火門さんが片手で鍋を置くと、あっという間に赤い炎が鍋の底を包み込んだ。

「中華料理は短時間で高火力が必要な料理も多いからね。でも大昔は羹《あつもの》や煮物がメインだったのよ。千年前に陶器を焼くために石炭が出回り始めて、その火力を料理に使うようになってから飛躍的に料理の質が変わったの」

「へえ、石炭で料理革命ですか」

「そうそう。それ以来、強火力といえば炭って感じで中華街でも黒炭《コークス》を使ってる店が多かったわ。でも火の管理が大変でね。朝早くに店に来て、昼休憩でも炭火の番をして……と、出勤といえば」

火門さんが炎を収め、刑天の方を向く。

「アナタがこの時間に出勤だなんて珍しいじゃない？　いつもはずっと早いわよね？」

それが、と刑天は困った顔をする。

「今月二回くらい、外の卵が食われてたの覚えてる？」

「ああ、あの天狗が納品して置いていったやつね」

「天狗!?　あの妖怪の？」

思わず口を挟んだ俺に、そうそう、と火門さんは頷いた。

「中華料理って特殊な素材を使ったりするじゃない？　たまに日本妖怪の業者から買い取るんだけど、そのひとりよ。熊本の奥地にある自前の山で烏骨鶏《うこっけい》の農場をやっててね。なかなかいい卵を売ってくれるの」

「空を飛んで宅配に来てくれるんだけどいつも面倒くさがって納品物をドアの外に置き配していっちゃうんだ。それを誰かに食われたんだよ、二回も」

刑天の言葉に俺は目を丸くした。

「盗まれたってこと？」

「いや、その場で食われたみたい。卵の殻が散乱してたからな。しかも外に置いてあったのはわずかな時間でさ。まるで到着時刻がわかってるみたいに狙われたんだよ」

「野良猫？　それともまた中華妖？」

「この街にはどっちもたくさんいるからなあ。また食われたら困ると思って、今朝はちゃんと天狗のおじさんから受け取ったんだが、そのとき物陰にあまり見たことのない猫がいてさ。追いかけてたら遅くなっちまったんだ」

うーん、と刑天は考え込む。

「白っぽい毛並みのあれはもしかして、金華猫《きんかびょう》じゃないかな」

「金華猫？」

ああ、と刑天は頷く。

「俺たち刑天族や仙犬と同じように、古くからいる中華妖の種族だよ。『捜神記《そうしんき》』って古代の神や中華妖をまとめた本があるんだけど、そこにも出てる。猫から人間に変身するんだ」

「日本にいる猫娘みたいなもの？」

「まあ近いな」

そういえば、さっき廊下で……。

「俺もさっき、二階で猫の影を見たような気がしたけど」

「室内に？　でもフロアモニターもセキュリティカメラも、何も反応はなかったわよ」

考え込む火門さんの隣で月楽が首を振る。

「私も気配に気付かなかったのだから、サトシの見間違いだろう」

さりげなく言われるとそんな気もしてくる。刑天も、確かに、と頷いた。

「ただの地域猫ならこの辺にもいるしな。それよりサトシ、連絡先交換しようぜ。同年代っぽいし、これからバイト友になるわけだし！」

「うん、よろしくです！」

刑天の気さくさが嬉しい。姿形も種族も違うけれどいい友達になれそうだ。

「そうだ、月楽も交換する？」

スマホを操作しつつ尋ねると、月楽はもの凄く渋い顔をした。

「……持っていない」

「えっ？　本当に？」

月楽の目は死んだ魚みたいな色になっている。火門さんもため息をついた。

「月楽は機械《メカ》オンチなのよ！　おまけに金属性……生まれつきの性質が電気を通しやすいうえに、使いこなせないからイラッとして過電圧を出して壊しちゃうわけ」

「機械がかわいそう……」

「うるさい、向こうが勝手に壊れるだけだ！」

　お年寄りがよく言う台詞だ。

　確かに外見は美青年だけど、中身はご長寿を極めた仙人だもんな。火門さんとは正反対なのがちょっと面白い。

「この間なんかお粥用の炊飯器も壊したのよ？　食洗機もボタンの押しすぎで動かなくなっちゃって。キムさんはあれだけ新し物好きだったし、いまは中華妖も人間もスマホでキャッシュレス決済だっていうのに」

「副支配人は慣れなさすぎだよ。俺なんて二台持ちだぜ？　ゲーム用と通話用」

　刑天はそう言って華麗な手つきで二台のスマホを取り出す。

「オイラも持ってるぜ！　簡単なやつだけど！」

　福福が見せたのは首からさげたキッズスマホだ。これはこれで可愛い。

「中華妖も人間の世界に溶け込んで暮らしてるんですね」

「中華街には『横浜陰界官庁』という役場があってね。そこに住民票登録した中華妖や神仙は、みんな人間と同じように暮らすことを許されるの。家も車もスマホも持てるけど、逆に人間のルールも守らないといけない」

火門さんの言葉に刑天が頷く。

「ルールを守ってこその平等だからな。守れば平等に暮らせるんだから、ここは本当にいい町だよ」

「その辺のクズ人間よりよっぽどしっかりしてるね」

「俺たちに言わせると人間の方が怖いよ。理由もなく火をつけたり殴ったり怖い事件が起きる。俺たち人外も悪いやつはいるけど、何かしら理由はあるからな。何となく、で同族を傷つけたりしないし」

刑天の正義感に感心して、思わず頷いてしまった。彼の容姿から人間とは違う印象を抱いてしまったけれど、それこそ偏見だ。

「人間社会にしっかり迎合しているのは立派よねえ。爪の垢を月楽に飲ませたいところだわあ」

火門さんがちらりと目をやると、月楽はうんざりした様子で立ち上がった。

「うるさいやつらだ。朝の下ごしらえをするから下がっていろ」

腰から長い棒……あの白い杓《スプーン》を抜き放ち、前方に構える。

ふわりと彼の中から光が漏れ、長い髪が浮き上がる。

「桃仙符呪霊食術——温炉《おんろ》火《か》宿芯丹《すくしんたん》」

コンロの横、まな板の上には大きな豚肉の塊がある。杓の先が表面に触れ、光を描き出す。炎が舞い上がるようなその紋様は昨日のものとはまったく違う。きっと別の効果なのだろう。

やがて光はうっすらと消えていき……それがすべて消えるころには、月楽もまた姿を消していた。

「まったくもう、気に入らないと全部放り出していなくなるんだから。とりあえず、アタシたちも作業を始めましょうか」

「りょうかーい」

火門さんの言葉に刑天も福福も頷き、それぞれの持ち場へ歩いていく。

「刑天は向こうの第二作業台で点心作り。福福はフロアへ行ってお掃除ね。サトシくんにはまずは基本から。湯《タン》作りをやってもらいましょうか」

「湯？」

「中華料理に欠かせない、いわゆる基本の出汁スープよ」

コンロの一番端には大きな銀色の寸胴鍋が二つ。淡い湯気が立っている。

「うちは一応広東料理をベースにした日式中華を謳ってるんだけど。サトシくん、中華料理の分類ってわかる？」

「分類って言われると、あまりわからないかも」

俺がそう言うと、火門さんはどこからか古いノートを取り出した。

「これ、キムさんが作った手書きの菜譜帳《レシピ》よ。料理の基礎と詳細な手順が書かれてるの。見て」

ノートの表紙には『桃源郷飯店菜譜帳　其の三』と大きな題字が躍っている。

「其の三、なんですね」

「うちの菜譜帳は代々引き継いできたものでね。先代までに二冊あって、キムさんの代で三冊目が始まったってわけ」

中を開けばまず中華圏の大まかな図があり、ページが四つに分けられていた。

北方系（北京料理など）……北京ダックや宮廷料理など、香ばしいうまみで味が濃い。

南方系（広東料理など）……飲茶《ヤムチャ》や海鮮料理が多く、種類も多彩。日本では最もメジャー。

西方系（四《し》川《せん》料理など）……麻婆《マーボー》豆腐や火鍋など、辛い料理が多い。

東方系（上海《シャンハイ》料理など）……上海焼きそばや八宝菜など、魚介と野菜の合わせ技が特徴。

「和食もご当地料理はいろいろあるけど、中国は広いからね。中華料理だとその差はもっと大きく、さらに多彩になるわ。本場では八分類されることが多いそうだけど、日本ではここに書かれた四大菜系が有名ね」

「料理番組で聞いたことがあります！」

「その中でも広東式ではスープは不可欠ね。スープ専門店まであるくらいだから」

「和食のお出汁みたいな？」

「そうそう。うちでもベースとなる上湯《シャンタン》を朝、寸胴で作るのよ。それがこれ」

火門さんにつられて中を覗くと、ムワッと白い湯気と同時に鶏のよい匂いに包まれた。それから複雑な肉の薫りと、どこかスッとした柑橘類の香り。

「これ、入ってるのは鶏と香料ですか？」

「年を取った老鶏《ひねどり》をまるごと、それに豚もも肉、牛すね肉、火腿《ちゅうかハム》と、香り付けとして陳皮や粒こしょうを入れているわ。うちはほんの少しだけ月桂樹の枝も入れるわね。葉ほど薫りはないけれど、それでちょうどよく仕上がるのよ」

「いろいろ入るんですねえ」

俺は感心して鍋の中を覗いた。静かに煮立つスープは澄んだ金色だ。見るからに美味しそう。

「うちの料理はこれをベースに作っていくの。いわば全部の基になる味ね。複雑で単純で、飲んだら滑らかに喉を潤していくような味が理想なんだけど、まだキムさんの味には届かないのよね」

「でも、レシピ通りに作ってるんですよね？」

菜譜帳をめくると次のページが出てくる。上湯と書かれたそこには火門さんの言った材料が書かれていた。

「そうなんだけど……これ以外にもなーんか隠し味を入れてたみたいなのよね。それがわからない。このノートの続きの菜譜帳にも書いてなくて、結局わからないまま」

火門さんが少しだけ、お椀にスープを取ってくれる。薄い金色の液体はキラキラして色も美しい。口に含めばすっとやわらかな喉ごしで、これでも十分美味しいと思う。

これを上回る店長の湯。どんな味だったんだろう。

「月楽にも最初は湯のアク取りとかしてもらってたんだけどね。……あの人、無愛想でごめんね。説明の時は普通に話せた？」

「最初はツンツンしてたけど、そのあとは丁寧に話してくれましたよ」

「あの態度、彼なりの自衛らしいのよね。キムさんがいなくなってからやってきた人間は玉石混交で痛い目に遭ったりもしたから」

　よかった、と胸を撫で下ろしながら火門さんは息をついた。

「人間の料理人を連れてくるのって本当に難しくてね。中華妖を見て腰を抜かしたり、走って逃げて行くのはまだいい方。中華妖たちを差別したり侮辱したり、おまけに月楽にガチ恋してストーカーになったのもいたわね。まあ、ただ単に月楽とソリが合わない人も多かったけど」

　あの美貌だもんな。月楽ばかりが悪いわけではなさそうだ。

「上手く付き合えた人間はキムさんくらい。それだって最初の十年は全然だったんだから」

　でも、と彼女は目を細める。

「サトシくんは、結構相性がよさそうな気がするわ！」

「えっ、俺と月楽がですか!?　あれで？」

「いや本当にマシな方なのよ」

　うーん、以前の人々がどんな追い出され方をしたのか、ちょっと考えたくはない。

「何で人間の店員を探しているんですか？　中華妖の料理人でもいいのでは？」

「ここは人間世界の店だから、店長は代々人間という決まりがあるの。できれば店長だけでなく、料理人も人間がいい。提供する霊力に関係するから」

火門さんは言いながら、豚肉の表面にある白い脂身を次々にむしっていく。

「建物のシステムでも食材に霊力が入るけど、さらに人間が作ればもっと霊力がこもるのよ。その霊力ってのは『真心』のことなんだけどね。たとえばアタシたち神や中華妖がこうやって肉を切っても、あまり霊力はこもらないわけ。……特別に見えるようにしてあげる。ほら、どう?」

彼女は中華包丁に指を当て、何やら唱えた。そのまま豚肉を薄く切り取ると、ふわ、と薄い白い光が舞い上がる。

「次はサトシくんが切ってみて」

「あ、はい」

中華包丁はあまり使ったことがない。大きな包丁を握り、おっかなびっくり、見よう見まねで肉をそいでみると、今度はさっきよりもずっと濃いオレンジ色の光が舞い上がった。

「ね、人間の方が多いでしょ? 色も違う。これが『真心』というか『料理への気持ち』なわけ。……肉まんの歴史って知ってる?」

「確か、古代中国で、河の神様に生贄代《いけにえ》わりに」

あ、もしかしてそういうことか。

「そう、人間が作った料理は『人間の霊力がたくさんこもって』美味しいの。いわゆる人間の味に近いわけ。だから神も中華妖もみんな供物に『人間が作った』料理を要求するわけよ」

「に、人間の味……！」

背筋がひやりとするが、納得する気持ちもある。人間の世界でいうといま話題の代替肉みたいなものかと考えると、現代としては妥当だし、理性的な解決だ。

「もう直接食べられるわけじゃないからね。ふふ、料理への『真心』『気持ち』そのくらいは食べさせてよ」

剣呑な笑いを引っ込め、火門さんはいつもの温かな微笑みに戻った。

「サトシくん、やっぱり見込みあるわよ。料理した時の霊力が多いもの。アナタ、いろいろあっても食事や料理が好きなのよね」

静かに言われると素直に頷ける。食べることも料理も大好きだから。

「いろいろなことがあって、臆病になるのは当然だと思う。でもそんな葛藤があってもなお、まだ空腹の人に手を差しのべているのが偉いわ。昨日の田中さんだって、アナタが介入しなかったら逃がしちゃったかもしれない。あの場にいてくれて本当にありがとう」

言葉は一つひとつじんわりと胸に染みる。俺の能力に関する苦労を理解してくれる人――神だが――はこれまでいなかったから、しみじみと嬉しかった。

「料理や人生って、さっきの湯と似ていてね。いろいろな経験、いろいろな感情、そんなものが混ざり合ってただ一つの『基本の湯』『料理』が生まれるの。その人だけの味が、ね。サトシくんも、月楽だってそうだわ」

「俺も……月楽も……」

「アナタがどんな湯を作るのか、それをどう料理に使うのか。アタシはその先が見たいわね！」

火門さんはにっこりと笑う。その顔には言い知れない深みがある。まるで長い時を経て静かに燃え続ける炎のように、穏やかで複雑な表情だった。

「そういうことなのでうちの店は店長不在！　副支配人はツンデレだからやってきた新人がすぐ辞めちゃう！　だからサトシくんっ、一週間と言わずに長くがんばって、店長候補になってほしいわけ！」

はい、と巨大なお玉を渡されて俺は目を瞬かせた。

「いや、まだバイト一日目ですよ!?」

「期待してるってことよ！　じゃ、アク取りと湯の世話をよろしくね！　そのあとは包丁の練習がてら野菜刻みと蝦の殻むきね！」

ばん、とこちらの背を叩く手が力強い。その愛の重さに俺は思わず強くむせてしまった。


十一時、店がオープンすると途端に店全体が騒がしくなった。

今日の定食は選べるメインが三種類。春野菜とアサリの麻辣麺《マーラー》、東坡肉《トンポーロー》、黄ニラとイカの炒め物。

これに点心三種か焼き餃子《ギョーザ》、スープか漬物、プチ桃仁《トウニン》豆腐と、さらにお代わり自由のご飯かお粥がついて八〇〇円。かなりお得だ。

お客さんの入りも回転もよくて、モニターで見る限りは人間フロアも人外フロアも常時九割は埋まっている。昨日は誰もいなかったからわからなかったけれど、十三時を過ぎても客足が途切れないところをみると結構な人気店なのだろう。

店がいっぱいになってから、俺はモニターの中、特に三階をまじまじと見てしまった。人外たちの食事風景を見るのは初めてだ。

といってもフロアの半分くらいを占める客は人間と変わりない姿をしている。残りの半数は多彩だった。スーツを着た頭だけ龍の男。ワンピースを着た透明人間。ふわふわと首だけ浮いているのは何の中華妖だろうか。

「結構いろんな姿の中華妖がいるね……」

「まあ俺には負けるけど」

目にも留まらぬ速さで蝦蒸し餃子を包みながら言ったのは刑天だ。点心師の資格を持つだけあってさすがに手早い。次々ときれいな餃子ができあがっていく。

「店から出ればきちんと人間の姿に化けるやつがほとんどだよ。俺だって店の外では首があるように化けるし」

「化けられるの!?」

「当たり前だろ！　あ、でも中華妖と違って神仙はいつでも人間の姿ってタイプが多いかな。ほら今日予約入ってる神様。個室予約の欄に『山下公《やましたこう》』ってあるだろ？」

隣で餃子の皮を捏ねながら俺は頷く。確かにモニターの片隅にはその名前が浮かんでいる。

「この町のお偉いさんさ。今日はキョンシー事件の詳しい話をしに来てくれるんだけど、雰囲気も気配もまったく人間と同じだから区別がつかないと思う」

「そうなんだ。町のお偉いさんってことは、公務員ってこと？」

「まあそんなものかな。陰界……人外の世界の町長さんみたいな人だよ」

「へええ。陰界にもそういう役職があるんだね」

火門さんに頼まれた下ごしらえは意外と早く終わった。中華料理は難しいかも、と覚悟していたのだが、肉や野菜を切る、卵を漉《こ》して冷蔵庫に入れておくなど、予想以上に家庭料理の延長線上にある作業が多かった。

と同時にちょっと拍子抜けした部分もある。

飲食店のバイトなんて、みんなの空腹の声が聞こえすぎるのではないかと警戒していた。でも、よく考えてみれば厨房にこもっていれば済む話だし、これなら十分やっていけそうだ。

安心したあとは細々と雑用をこなし、いまは刑天に頼まれて餃子作りの手伝いをしている。今日はいつもよりも餃子の出がいいから、早めに夜営業の分まで補充しておくそうだ。

「山下公は灶君と同じ、いわゆる土地神ってやつだよ。中華神圏の中では神が一番力を持っていて、その少し下が仙人。そして凄く下っ端が中華妖」

「神様と仙人って案外近いんだね」

「修行の具合にもよるみたいだけどな。副支配人見ればわかるだろ、俺たちの知らない術だの陣だのいろいろ掛けられるし。あの桃葉娘《タオバイニャン》たちも、副支配人が桃の葉っぱに符呪を書きつけて作ってるんだぜ？」

「そうなのか！」

俺はチラリと顔を上げて作業台の大型ディスプレイを見た。

四分割されたフロア画像の中で、月楽は同じ顔の桃葉娘たちと一緒に忙しなく立ち働いているようだ。向こうのお客さんのお茶を淹れたり、こちらのお客さんの注文を聞いたり。確かに所作には品があるけれど、とても『凄い仙人』には見えない。

「その副支配人の最初の塩対応でへこたれないなんて、サトシは根性あるぜ。すでにあの人のこと呼び捨てだしさ」

「そこは本人に言われたんだよね」

「それでも中華妖だったら仙人様を呼び捨てなんてできねえよ。何しろ死ぬまでキツい修行しても、仙人になれるのは何億人に一人だぜ？　修行だけじゃダメで、仙人骨っていう特別な骨を持ってないとなれないらしいし」

「凄いね……」

俺はびっくりした。そんなに狭き門だとは。

「ただ、昇天して仙人になればもう不老不死の特権階級さ。メシ食べなくてよかったり、神様の手伝いをしたり、人を癒やしたり、魔物を退治したり。人間にとっては頼りになるけど、中華妖にとっては怖い存在だよ」

「でも、ご主人サマは本当は優しい人だよ！」

ヒョコッと顔を覗かせたのはパグ仙犬の福福だった。

「先代店長や山下公と一緒に、お腹の空いた妖を拾って、美味しいご飯をくれるんだもん」

「初見には優しいけど、店では怖いよな。俺も最初は優しくしてもらったけど、点心師として勤務を始めたらすぐビシッと怒られてさ。キムさん……木村店長が取りなしてくれたから何とかなった感じだったけど」

今朝の月楽も何となく怖かった。木村店長がいたころは二人でちょうどいい組み合わせだったのかもしれない。

「福福はあの人と一緒にこの町に来たんだよな。前からあんなに厳しかったのか？」

「それが、忘れちゃったんだよ」

福福は悲しげに言った。

「オイラ、ここに来る前に記憶をいっぱい失くしちゃって。何かあったのかもしれないんだけど、気付いたらボロボロのご主人サマに抱っこされてて」

そういえば火門さんも言っていた。山下公園にいたのを、店長が拾ってきたって。月楽の過去。いったい何があったんだろう。

「でもでも、店長や灶君、山下公とか町の人たちも優しく受け入れてくれたからさ、オイラは幸せだよ！」

しわくちゃの顔で、ニコ、と福福は笑う。うんうん、と刑天が頷いた。

「いい町なんだよな、横浜中華街。俺たちみたいな中華妖も、神仙も、人間に入り混じって普通に暮らせる。雰囲気が雑多で居心地がいいんだ」

俺は朝のすがすがしい風景を思い出した。さまざまな要素が混ざり合った、不思議な町。港町だけに風通しがいいというか、人間にとっても人外にとっても暮らしやすい場所なのかもしれない。

しみじみと思ったところで蒸し上がりのベルが鳴る。はいよ、と応えて刑天は蒸籠《せいろ》を取りに最奥のコンロへ向かった。

あ、とそこから声が上がる。

「サトシ、悪いけど上の倉庫から点心用紙持ってきてくれない？　蒸籠の下に敷くやつ！　予備置いとくの忘れてたわ！」

「了解、ちょっと待って」

ちょうど湯作りも一段落したところだが、火門さんの方にも許可を取らないと。

「火門さん、行ってきていいですか？」

「オッケー、いまはそこまで詰まってないから。その倉庫は四階だからエレベーター使ってね、護符はあるけど、くれぐれも三階で降りないように！」

「はーい」

俺は丁寧に手を洗って厨房を出た。

廊下の突き当たりにエレベーターがあり、ちょうどドアが開いていた。乗り込んでボタンを押そうとしたところで……すぐに動き出してしまった。

ドアが開いたのは三階だ。

おまけにエレベーターを待っていたのは大きな体軀の中華妖が二人。どう考えても俺が乗っていたら乗れないサイズだ。

そもそもお客様だし、ここは一度降りるしかないか。すでに不吉な予感はするけれど、こればかりはどうしようもない。

「あ、ありがとうございましたー！」

なるべく元気な声を装いつつ、不安を隠してエレベーターを降りる。

そこで俺は愕然とした。

すでにランチタイムは後半戦だが、それでもフロアではまだたくさんのお客さんが食事をしている。

すぐ向こうには角のある中華妖。

さらに向こうには羊みたいな一つ目の二人組。

あっちにいるのは竜？　角の生えた馬みたいなやつもいる。

モニター越しでないいまの距離は凄く近い。俺はちょっとの間、立ち尽くしてしまった。

「あの、店員さん、ですよね」

おずおずと声が掛けられる。

振り向くと、そこには小柄でかわいらしい少女がちょこんと座っている。

おっとりした顔立ちに薄い茶色のウェーブヘア、頭の上にはやや丸みを帯びた猫の耳が二つ。首には小さな鈴のついたチョーカーを付けている。もしかして猫の中華妖だろうか。

そこでようやく気付く。

あれ、店員さんってもしかして俺か？

そうだ、俺、倉庫に行くはずだったから何も準備してないし、おまけにここは人外フロアだし。まずいんじゃないか……。

ただ、ポケットには火門さんの言ったことを書き留めるためのメモ帳がある。お客様をお待たせするわけにはいかない。俺はメモ帳を片手に、はい！　と必死に応えて声の方へ走って行った。

「ご、ご注文でしょうか」

「いえ、今日の付け合わせのメンマ、いつもと違って臭い気がするんです。何か材料が替わりましたか？　そうでなければ、古いとか」

何と、早速のクレームだ。

だが彼女は次の言葉を言う前に眉を顰《ひそ》めた。

「あなた、もしかして人間……」

──どうしてこのフロアにいるのかしら。

彼女の言葉に周囲が一瞬でザワついた。みんなの視線がこちらに集中する。

──あれ、人間だぜ。そういやこの店の他の人間、見ねえなあ。みんな辞めちまったか。腹減ったな。

――店員さん？　何だか動きがぎこちないわね。唐揚げ早くしてほしいわ。

――俺の定食まだかな。あの人間を先に食うか？　なーんてね……。

舌なめずりをするような思考も伝わってきて、俺は急激に鼓動が速まるのを感じた。

上手くできる気がする、なんて思ったのは間違いだったかも!?

その時、後ろから涼やかな声が掛かった。

「お客様、何かお困りでしょうか。問題があれば私がおうかがいしますが」

恐るおそる振り向くと、そこには月楽が立っていた。

「ゆ、月楽！」

月楽は俺をちらりと眺め、それから猫少女の方を見て目を細める。

「そちらのお嬢さんは、ご注文を？」

「あの、メンマの味がいつもと違っていて」

猫少女がおずおずと言うと、月楽は丁寧に頭を下げる。

「ご説明が不足していたようで申し訳ありません。こちらの当店自家製メンマですが、本日は新作の麻辣漬けとなっております。通常はあっさりとした醤油漬けですので、あじわいも香りも違うかと存じます」

「なるほど、そうでしたのね。ありがとうございます」

丁寧な説明に猫少女が頷く。彼女と月楽の視線が一瞬、絡み合った。

――あとでご連絡しなきゃ……今後の、店長さんのこと……。

一瞬、猫少女の心の中が流れ込んできた。今後の店長さんのこと？　いったい何の話だろう？

だが考える余裕もなく、周囲に声を掛け続ける月楽の背中を追うのがやっとだ。

「お客様は雲呑《ワンタン》麺をご注文でしたね。もうすぐお持ち致しますので、しばらくお待ちを。向こうのお客様の麻辣麺もただいまご用意しておりますから」

言葉と同時に数名の桃葉娘が現れる。タイミングよく注文の品を運んできたようだ。

「さあどうぞ、お召し上がりください。お待たせいたしました」

「ああ、ありがとう」

周囲から俺へと向けられていた敵意がみるみるほどけていく。安堵で手足が震えそうになった。

「サトシはワゴンを持ってこちらへ」

「あ、うん」

言われた通り、横にあったワゴンを押して月楽のあとに続く。フロアから離れるにつれ心の声も小さくなっていく。

通路の奥、エレベーターホールに到達した時には思わず大きな息が漏れた。

「た、助かったよ。ありがとう、月楽」

「お前のためにフロアに戻ったわけではないが、まだ苦しそうだな」

俺は小さく頷いた。だが耳にはまだざらざらと、フロアの人々の空腹の音や心の声が聞こえている。同調した感覚のまま戻らないのだ。

月楽が懐から何かを取り出した。丸い、小さなクッキーのようなもの。

「桃仙符呪霊食術——経絡縮《けいらくしゅく》 締閉奥眼《ていへいおうがん》」

腰から抜いた長杓で何か書き付け、俺の手に渡してくれる。

「すぐに食べろ。山査子《さんざし》餅に書いた応急措置だが、能力は鎮まるはずだ」

俺は震える手でそれを口に入れ、嚙み締めた。ほんのりと甘いお菓子だ。嚙み締めると酸っぱさもある。

その味を感じるかどうかのタイミングで、周囲から聞こえていた腹ペコの音が徐々に消え始めた。こんなにすぐに効くなんて。

咀嚼し、飲み込むともうほとんど聞こえない。

「凄い。もう大丈夫だ」

「効いたようだな」

月楽は静かに頷いた。

「これは仮の処置だから、数時間で効果は切れる。だが毎日、専用の符食を食べ、精神の鍛錬も合わせて続けていけば、いつかは符食なしで能力を制御し、抑え込むことも可能だ」

「ほんとなのか!?」

「ああ。あとは呼吸法だ。感情が多く入ってきそうになったら、大きく息を吐き、自分を閉じるイメージをする。これだけでも経絡を通っていく霊力の量を調整できるようになる」

だが、と言って彼は目を細めて俺を見た。

「いまのままでは永遠に無理だろうな」

「えっ」

「お前がその能力をポンコツだと思っている限りは」

俺は今度こそ立ちすくんだ。

「だってこんな能力……普通に暮らすには迷惑でしかないだろ！」

今度は月楽が大きく息をつき、ワゴンの中段から白い皿を取り出した。お代わり用のメンマだ。

「お前はこのメンマがどうやって作られているのか、知っているか？」

「えっと、日本と同じなら、小さなタケノコをスライスして煮込んで」

「違う。ご自慢のスマホとやらで調べてみろ」

俺は大急ぎでポケットからスマホを取り出し、検索してみた。

「結構大きめの竹を使うんだね」

「そうだ。そこから節を取り、二時間以上茹で、一ヶ月ほど発酵させ、それから天日で干すことによりようやく素材として味付けできるようになる」

「そんなに加工するんだ」

「だがそうして手間を掛けることによって硬さや渋み、アクが抜け、発酵による甘さも加わって、あの独特の歯ごたえと風味が得られる。食材の特徴を使って上質なあじわいへと昇華させた、まさに素材加工の努力の賜物と言えるだろう」

では、と言って月楽はこちらを見た。

「お前はどうだ？　自分の特徴を認め、生かそうとしているか？」

俺は言葉が出なかった。

「でも邪魔だし、制御もできなかったし」

「そこだ。お前はまず自分の能力を邪魔なものと定義し、特徴をきちんと捉えて受け入れることさえしていない。何とか役立てようともがいているのはわかるが、素材の生かし方をよく考えもせずに料理に使おうとしているようなもの。いわばアクを抜かないタケノコを料理に入れようとしている状態だ」

「あ、アクを抜かないタケノコを……！」

俺はゆるゆると息を吐いた。

「確かに、いままでは認めることなんかできなかったよ。能力のせいで怒られたり嫌な思いをしたり。何とか生かそうとしたっていつも上手くいかなくて、空回りで」

「でも、老奶奶《ラオナイナイ》の時はその能力で助けてやれただろう？」

「あれは、偶然上手くタイミングが合ったから」

「では、その偶然を必然にすればいい」

月楽の言葉に俺は顔を上げた。田中さんの笑顔が思い出される。

「お前は根本的にはよい素質を持っている。それに善の心も。まずは自分のすべてを受け入れてやることが大切だ。よい部分も悪い部分も、すべて自分自身の積み上げてきたことなのだから」

静かに諭すような声が優しい。俺は月楽を見つめた。

「俺自身の、積み上げてきたこと」

さっきの火門さんの言葉が重なる。

――いろいろな経験、いろいろな感情、そんなものが混ざり合ってただ一つの『基本の湯』『料理』が生まれるの。

「過去の苦悩も、挫折も、小さく積もった傷すべてを自分の一部として受け入れる。そうすれば、術による制御も可能に……」

チン、と音がしてエレベーターが開いた。

「おや店員さんたち、こんにちは」

静かな声と共に、ゆったりした歩調で現れたのは一人の紳士だった。

年齢は四〇代半ばくらい。穏やかな顔立ちに丸眼鏡を掛け、裾の長いワンピースのような中華服を着ていた。知的な雰囲気といい、その表情といい、まさに美中年紳士という言葉がぴったり。

どこから見ても人間に見えるけれど、この階で降りたということは……。

月楽はわずかに眉を顰めたが、すぐに両手を合わせ、中華風の挨拶をした。

「山下公、いらっしゃいませ。お早いお着きで」

「す、少し早かったですね、申し訳ない」

慌てたように彼が謝る。この人が予約の入っていた山下公か。ということは神様だ。

「二階に直接いらっしゃれば」

「それが、ええと、二階ではエレベーターの扉が開かなくて」

おかしいですね、と月楽は首を傾げる。

「予約のお客様は二階に入場できるよう印陣に記憶させておりますが」

一瞬、鋭い目をしたものの、彼はすぐに頷く。

「こちらのミスかもしれません。では私たちと参りましょう。新しい店員のサトシも同行いたします」

え、俺も？　目で尋ねると月楽は大きく頷く。何かあるのだろうか。

慌てて背筋を伸ばし、俺は二人に続いてエレベーターの中へ入った。

「サトシさんは、人間ですか？」

山下公の質問に月楽がさらに目を細める。

「ええ、山下公にはお初にお目に掛かります。サトシ、ご挨拶を」

「あ、初めまして、安藤サトシと言います！」

「初めまして」

さっきの山査子餅の効き目か、空腹の心は読めない。でもにこやかに微笑む紳士は優しそうだ。俺は少しだけホッとした。

止まる気配と同時に再び扉が開き、月楽と山下公、それに俺も続いて二階へと降り立ち……足を止めた。

廊下の先、個室の前に誰かいる。

その姿を見て俺は思わず息を呑んだ。

「山下公がもう一人⁉」

背後にいるのとまったく同じ山下さんが、個室の前にも立っている。

だが俺以上に驚いた顔をしたのは向こうの山下さんだった。

「月楽くん、その人物は⁉」

俺の後ろの山下さんも負けずと驚きの声を出す。

「あそこにいるのは私そっくりのニセモノです！」

俺たちを挟んで二人の山下さんが向かい合う。俺は目を瞬かせて二人を交互に見た。

「月楽、山下さんってもしや双子？」

「そんなわけがあるか！」

バカにしたように言った月楽だが、さほど焦っているようには見えない。二人の山下公を見比べて彼は小さく笑った。

「サトシ、早速お前の能力を役立てる時が来たようだな」

「でもさっき能力を抑える符食を食べちゃったから」

ふん、と息を吐いて月楽は俺の肩に手を置いた。

「その抑えた能力を、今度は自分の意思で解放するんだ。いいか、大きく息を吐き、胸の扉を開ける様を思い浮かべろ。自分の能力を受け入れ、使いこなす」

「わかった、やってみる」

俺は大きく息を吸い、教えてもらった通り、心の門を開くようなイメージを抱いた。

それから自分の能力に語りかける。

ポンコツなんて言って悪かった。これからは正しく使ってやるから。いや、使わせてくれ。この力を役立てたいんだ……！

その瞬間、緩やかに、額のあたりに風が通るような感じがした。

同時に二人分の心が流れ込んでくる。

まずはすぐ向こう側、個室の前の山下さん。

――灶君が昨日教えてくれた人間の店員さんというのが彼なのですね。私の空腹や、このごろ食後に胃が痛む、という症状も伝わるのでしょうか。春の名物を食べたくなってしまったことも。

そして背後の山下さんは。

――能力？　な、何だって、そんなに凄い術師なのかな？　ど、どうしよう、腹が減ったから、見かけた顔に化けて忍び込んだだけなのに……！

「お腹が空いたから忍び込んだ？　後ろの山下さんが偽物か！」

俺の言葉と同時に月楽の手が伸び、後ろの山下公の口に何かを押し当てた。

「桃仙符呪霊食術――山査子餅縛縄《ばくじょうじん》陣！」

パッと光の紋章が弾け、相手の姿を包み込む。

「わ、わわわっ！」

あっという間に小さくなった光がやがて一筋だけ残り、そこに一匹の動物が絡まっていた。

「これは……亀？」

光の縄に縛られたまま、手のひらほどの大きさの亀が悲鳴を上げた。

「ふえぇ、ごめんなさい……僕、この街に流れてきたばかりでお金がなくて、どうしてもお腹が空いて……今日は卵もなかったから……」

「あっ、もしかしてこの亀が卵泥棒!?」

俺が叫ぶと亀はバツが悪そうにジタバタともがいた。

片手でつるし上げ、月楽は冷やかにその顔を覗き込む。

「妖亀《ようき》は人に化けるのが上手い。『捜神後記』にも、女に化けた亀が家族中を騙していた話が記載されている。古来より未来を見る能力があるとも言われているしな」

「卵の置かれる時間だけ狙ったのもその能力？」

えへへと照れたように亀は笑った。

「昔から、少しだけ予知能力があるから……卵が来る時間もわかっちゃって……」

「まったく、人も妖もどんなによい能力を持っていたとしても使い方次第なのだぞ」

月楽は、ふん、と鼻を鳴らして亀にデコピンする。亀はイテッと叫んでまたごめんなさいと繰り返した。

俺は月楽の言葉にしみじみと息をついた。一歩間違えていたら、俺もこうなっていたかもしれない。他人事とは思えなかった。

あのさ、と妖亀に声を掛ける。

「君に特別な能力があるなら、がんばって磨いてみないか？」

「磨いて……」

「そうだよ。特別な能力は、そのままでは役に立たないことも、損をすることもある。だから、自分で特性を理解して、使いこなしていかなきゃ」

俺の言葉に月楽もしたり顔で頷く。

妖亀は顔を上げ、潤んだ目でこちらを見つめた。

「あなたは優しいね。僕は親を知らないし、ずっと放浪生活だったから……誰かにそんな風に言ってもらえたのは初めてかも」

「俺だって今さっき教えてもらったばかりだよ。せっかくこの町で出会ったんだから、一緒にがんばろうぜ」

励ますように言うと、妖亀の目からぽろりと涙が零れた。

同時に彼の心が流れ込んでくる。

——生まれた時から鈍くさくて、故郷の仲間からはのけ者にされていた。

——毎日ご飯を探して彷徨って、海に流されて、気付いたらこんなところまで……。

——悪いことだってわかってたんだ。でも腹ペコで、どうしようもなくて。

俺は切ない気持ちで妖亀を見た。

「お腹を空かせて彷徨ってたんだね。気持ちはわかるし何とかしてあげたいけど」

俺はチラリと月楽を見る。予想していたみたいに、彼は静かに頷いた。

「罪は罪として償わなければならない。だがここは三界に住まうすべての種族に食事を提供する店。腹を減らしているというのなら、美味い料理ををあとで届けさせよう……全てが終わったあとで、な」

月楽が指で亀の額に紋様を書き付ける。さきほどとは違う光に包まれたかと思うと、手の中にコロンと小さな亀のぬいぐるみが転がった。

彼はそれを山下公に差し出す。

「卵泥棒と偽山下公事件の犯人、確かにお渡しします。あとは陰界官庁で処置していただければ」

「いつもながら鮮やかな仙術ですね、助かります。……取り調べのあとには何か食べさせてあげるとしましょうか」

紳士は丁寧な仕草でぬいぐるみを受け取り、優しい眼差しで見つめた。こうして見ればなるほど、偽者にはなかった気品が感じられるし、表情もどこか神々しい。

「にしても、あなたなら最初からどちらが偽物かわかっていたのでは？」

紳士の問いかけに、月楽は小さく笑った。

「新人教育の一環です。ちょうどよい素材だったもので」

「新人って、もしかして俺のこと？」

「他に誰がいる」

月楽が意地悪な微笑を浮かべている。まったく、そんな表情さえ涼しげに見えるから顔のいいやつは得だ。

「桃源郷飯店はよい店員さんを得られたようですね」

山下公がにっこりと笑って中華風のお辞儀をした。

「改めて、お初にお目に掛かります、私は横浜陰界官庁の山下と言います。以後、お見知りおきを」

「こちらこそ、よろしくお願いいたします」

年上の、しかもこんな紳士に丁寧に挨拶されたら恐縮してしまう。俺は慌ててさらに頭を下げ、チラリと彼の方を見た。

「神様、なんですよね……」

「はい、ここ横浜中華街の土地公、福徳正神《ふくとくせいしん》を務めております」

彼の表情はとても穏やかで、眼差しや雰囲気が少しだけ父さんに似ていた。神様だというのに親近感が湧いてくる。

「山下公、それよりもさきほどサトシが言っていましたが、胃が痛いとか」

月楽の言葉に山下公は困ったような笑みを浮かべた。

「そうなんです、どうも忙しいせいか胃もたれがあって」

——でもランチメニューを見たらどうしても春野菜の麻辣麺が気になってしまって。

言葉と同時に腹ペコの声も重なって聞こえてくる。

「春野菜が食べたいそうなんだけど、えぐみもあるし、麻辣は辛いから胃腸によくないよね？」

俺がこそっと耳打ちすると、月楽は呆れたように俺を見た。

「お前はさっきから何を学んでいるんだ？　そのままでは食べられない素材はどうすればいいと思う？　ちなみに胃腸が弱っている時によい料理、と言えば何だ」

「ええと、まあ日本だとお粥かな」

俺はポン、と手を打った。

「そうか、春野菜をお粥にすれば！」

「合格点だ」

頷いた月楽が山下公に向かい合う。

「サトシの提案通り、春野菜とアサリの中華粥でどうでしょうか？　辛さはありませんが、これでしたらお腹にも優しいかと」

「なるほど、それならよさそうですね。お願いできますか？」

「了解しました。サトシ、今度は心を閉じる訓練だ。相手の心を読まないように制御する。やってみろ」

俺は慌てて背筋を伸ばした。

「ええと、閉じるというか、シャットダウンかな」

さっきと逆で、ゆっくりと自分を閉じるようなイメージをする。耳を塞ぎ、身体の扉が閉じるのを想像する。

紳士の考えが、空腹の音が、すうっと消えていった。

できた。

頭の中がこんなに静かな昼メシ時は、初めてだった。

月楽がふっと微笑んだ。

「山下公、もう一つ提案なのですが。霊力不足を補うため、こちらのサトシに調理を担当させてもよろしいですか？」

「えっ、俺が!?」

月楽の言葉に俺はびっくりして顔を上げた。だが山下公は笑顔で頷く。

「そうですね、桃源郷飯店待望の人間店員さんですし」

「料理は得意だとのことですから」

「ではぜひ。楽しみですねえ」

でも、俺、素人で……と断ろうとして、思いとどまった。

さっき、がんばってみたら能力も制御できた。得意な料理でなら、もっとよい結果を出せるかもしれない。

月楽は『能力も食材も生かし方次第だ』と言っていた。何より、目の前の紳士に元気になってもらいたい。美味しいものを食べてもらいたい！

「み、未熟者ですが、がんばらせていただきます！」

俺は深々と一礼した。

「はい、刑天、頼まれ物」

その後、急いで倉庫から取ってきた点心用紙を刑天に渡すと、サンキュ、と彼は受け取った。

「何か騒ぎがあったっぽいけど、大丈夫か？」

「卵どろぼう捕まったよ。予知能力持ちの亀だった」

「亀ェ!?」

驚く刑天の後ろから火門さんがひょいと顔を出す。

「聞いてたわよぉ、ご苦労様！　妖亀ちゃんの今後は山下公に任せるとして……素材の話とか、料理の提案とか、なかなかいい展開だったんじゃない？」

「だといいんですけど。月楽のサポートのおかげです」

「まあ彼はそれが仕事だからね。でも得た情報を基にきちんと提案できたのは好好《よしよし》だし、新人として入ったアナタが初めに捧げる食物が粥っていうのもいいわね。古くから神々に捧げられてきた料理だもの」

「そうなんですか」

「日本と中国には、いまでも祭竈《さいそう》としてお粥を作り食す文化はあるでしょう。小豆《あずき》粥とか。中国でいうなら十二月の臘八《ろうはち》粥が代表的かしらね。もうすぐ年を越す寒い時期、十八種類の素材を使って粥を作り、先祖や神々に捧げたあとで家族で食べるのよ」

「確かに、日本でもお正月の終わりに食す七草粥がありますし、身体を整える食べものなんですね」

月楽も深く頷いてこちらを見る。

「宋の詩人である陸游《りくゆう》も『只将食粥致神仙《私は粥食を持つて神仙へと到ろう》』と述べている。心身を整えるという意味においては基本となる料理だ」

「月楽が言うと説得力あるね」

「実際は粥だけ食べれば昇天できるというものではないが」

月楽は複雑な表情を浮かべる。火門さんは優しく微笑んだ。

「とにかく身体を温め、気を整えるための基本はお粥なわけ。中華の薬膳……薬となる食事の考え方には、五つの味と性質があってね」

火門さんの長い指が空中に五角形を描く。

「すべて食品は五味と五気の二つの組み合わせで表現できるの。五味とは文字通り五つの味のこと。五味……酸《すっぱい》、苦《にがい》、甘《あまい》、辛《からい》、鹹《しおからい》。五気とは人の気に起こす変化のこと……熱《あつく》、温《あたため》、平《そのまま》、涼《すずしく》、寒《つめたく》。たとえばお米は『甘平』とされているわ。甘い味、そして熱を変えることのない、平素から食べるもの、という意味。甘く常食できる生活のベース、それがお米であり、お粥なわけ。こういう日常食品を使って身体と気を整えることを『薬膳』というの」

言葉だけは聞いたことがあったけど、そういう意味だったのか。

「一応、日本料理でも同じ理論が長く使われているんだけどね。鎌倉時代のお坊さんである道元《どうげん》禅師も『赴粥《ふしゆく》飯法《はんぽう》』の中でお粥の効能十徳について言ってるのよ。食べ続ければ気力も増すし寿命も延びる、気持ちも楽になる、ってね」

「そんな歴史あるお粥を神様にお出しするのに、俺が調理していいんですか？」

「アタシもサポートするし、腕は気にしないでいいのよぉ！」

豪快に笑って火門さんが俺の肩を叩いた。

「ここは立地こそ人間界とはいえ三界に所属する料理店。人間世界の料理店とは調理ルールが違うわ。それに今回は山下公にあじわいと霊力たっぷりのお粥を食べてもらうのが目的だもの。人間であるアナタからよい出汁が出るってワケよ」

豚肉を切った時に立ち上った霊力を思い出す。あれが出汁というかうまみになるわけだよな。

「それに、ここまで下ごしらえとか包丁さばきを見せてもらったけど、サトシくんはかなりよい領域に入ってるわよ。包丁仕事も湯作りも丁寧で細やか。力のある主婦クラス、指導次第で即戦力ってこと。自信持って調理してみて」

急に褒められて嬉しくなる。俺は慌てて頭を下げた。

「ありがとうございます！　おだててくれたらその分がんばります！」

「前向きでよろしい！　さて、当店では陶器の鍋でベースの白粥を作り、ランチ用に炊飯器で保温してるのよね」

火門さんはパカッと大きな炊飯器を開けてみせる。確かにそこにはホカホカのお粥があった。

「本当は都度作るのがいいと思うし、粥に人を待たせてはいけない、なんて言う人もいるけど、ここは忙しい都会だし、うちはお粥かご飯が選べる便利な店！ ランチは時間的合理性を取るわ！」

月楽がもっともらしく頷いた。

「靠水吃水、靠河吃河《山では山の、海では海の暮らし方がある》」

「そうそう。でも今回は特別に一から作りましょう。相手は山下公だし、サトシくんに基本を学んでもらいたいし。ああ、もちろん符食術で時短するけど」

「符食術で時短!? そんな便利なことができるんですか!?」

「当たり前よ！ 仙術なんて魔術と同じなんだから、便利に使えばいいのよ。月楽、今回はお米に早く火が通る符術をお願いするわ」

「あくまで仙術は仙術で魔術とは違う……まあ、了解した」

ぶつぶつ言いながらも月楽は長杓を取り出す。

「桃仙符呪霊食術——爆速加熱！」

彼の描いた紋様が米の上に走り、光を帯びて吸い込まれていった。何となく模様の雰囲気にスピード感があるのが面白い。

「さてと、じゃあさっき見せた当店の菜譜帳の続き、お粥のページを開いてみて。今回はそこをアレンジして使うわ」

「はい」

ページをめくれば、わりと最初の方にすぐあった。俺は水の掛からない場所にその菜譜帳を立てる。さて、と火門さんも覗き込んだ。

「春野菜とアサリのお粥、行くわよ。まずは菜譜帳にあるように、お米を洗って水けを切って。少し置いてから炒めるわ。こうすることでお米に油のコーティングがきれいにつくの」

「わかりました！」

俺はざっくりと米を洗い、ザルに入れて水けを切った。

「アサリは冷蔵庫に今日使う分が砂抜きしてあるから。あとは春野菜は菜の花とタケノコね。幸いにも新鮮でやわらかい菜の花があるから小切りにして使いましょう。……山下公ってば残業で無理することが多いから、体調には注意してって言ったのに」

「忙しい方なんですね」

「何しろこのあたりの陰界を取り仕切ってる方だもの。だからこそ養生しなきゃなのに、まったくもう！」

プリプリ文句を言いながら火門さんが冷蔵庫の野菜を出し、俺はそれを洗って程よい大きさに切っていく。菜の花の苦い香りがほんのりと春らしい。

「タケノコは缶詰じゃないんですね」

「そうよ、先週、例の天狗のおじさんからもらったやつを茹でて冷蔵しておいたの。南の方では一月末から新タケノコが採れるからね。香りがよいから醬油で炙りましょうか」

しっとりと茹でられたタケノコを俺はなるべく薄くスライスした。

「材料を揃えたらお米炒めるわよ。お粥を作る時の最大のコツは土鍋を使うこと。お米を炒めて、それからさっきアナタが作ってくれた上湯を入れる。そしてもう一つの鍋でアサリと野菜を酒蒸しにしましょう」

「はい！」

土鍋の方はごま油で米を炒め、それからさっき作った上湯をお玉で静かに入れる。鶏のよい香りが立ってこのままでも美味しそうだ。

中華鍋の方ではショウガをサッと炒めてアサリと酒を入れ、蓋をする。どちらも火に掛けたが、やけに熱の通りが早い。慌てて菜の花を入れて火を止めた。お粥もすぐに弱火だ。

符食術の効果は凄い。

「ヤバい、タケノコ！」

振り返った俺の鼻先にいい匂いが漂ってくる。月楽が焼き網からタケノコを取り、こちらに突き出してきた。

「タケノコは米と同時期に焼き網に仕込んでおく。覚えておけ」

「あ、ありがとう」

「山下公に失礼がないよう、面倒を見ているだけだ」

月楽の態度はすっかりツンツンに戻ってしまった。まあ手伝ってくれるだけいいか。

「米が花開いたように見えたら、松の実とクコの実も入れましょうか。そこでひと煮立ちさせて、蒸し上がったアサリと菜の花を入れてしゃっきり仕上げる」

火門さんのアドバイスを基に、具材を粥に入れ、一混ぜしたら確かにもういい感じだ。俺は火を止め、ふう、と息をついた。

「やっぱりアナタ手際いいわね！　さすが自炊十年選手。専門知識や技能はないかもしれないけど、厨房で助手をするには申し分ないわ」

「えへへ、ありがとうございます！　ああ、それにしてもいい匂いだなあ。お粥の甘さ、焼いたタケノコの匂い。最高だ」

皿を用意しつつ、うっとりと匂いを嗅ぐ。月楽はひょいと鍋を覗き込んだ。

「松の実、クコの実はそのままでは多食できないが、どちらもアクセントとして使えば滋養強壮に効果がある。菜の花は辛温の性質を持ちえぐみも強いが、きちんと調理すれば独特の風味が舌に快い。特徴を捉え、その持ち味を生かせば、欠点もまた立派な長所となるのだ」

「さっき言ってた薬膳ってやつ？」

「そうだ。季節ごとに不調の主原因があり、それに対応する食事もその季節の中にある。人間もまた道の大いなる要素の一つであり……心身の陰陽が欠けて不調になったのならまずは食事で補うのが基本……」

「食事の蘊蓄になると月楽の話は長いのよね。まず味見しましょ」

容赦なく話をぶった切った火門さんは、レンゲのひとすくいを皿に取り、味を見た。

「あ、美味しいわコレ。味見してみて」

差し出された小皿を受け取り、俺はスプーンで口に含んだ。トロリとした米の甘み、出汁のうまさ。そこに春野菜のシャキッとした食感とわずかな苦みが絡む。自画自賛になるけど本当に美味しい。

「ねえ、アナタも味見してくれる？」

火門さんが突き出した皿に、月楽は眉を顰めた。

その瞬間、彼の感情がほんのわずかに、零れ落ちるようにこちらの心へ流れ込んできた。

昨日と一緒だ。

あの寂しい光景。吹きすさぶ雪、石山の墓標。

——私には、食事をする資格などない。あんな罪を背負う私には……。

心の底にあるわずかな食欲が、一瞬でかき消されてしまう。

「すでに灶君とサトシが味見をしているのだから、二度手間はいらないだろう」

「まあ、そうだけどさ」

彼は拒絶するようにこちらに背を向ける。大きなお玉でお粥を盛り付け、上に春野菜とタケノコを慣れた手つきで飾った。最後にパラリと散らしたのは揚げた小海老だろうか。

白いお粥の上に緑の野菜と赤い小海老。春めいた色合いが目に鮮やかだ。

「急いで持っていくぞ。お前も仕事を終えたら来い」

「俺も？」

「あの紳士はお前の料理を最初に食べる客人だ。その反応はお前も見た方がよい。お前のためにもな」

月楽はお盆に粥の皿を載せ、美しい所作で厨房を出ていく。

俺は呆然とその姿を見送った。いや、彼のあとを追うべきなんだけど、心の中にはもやもやと疑問が浮かんだままだ。

「食事をする資格がないって、それはどういう……」

「月楽、そんなことを思ってたの？　なるほどね」

火門さんが切ない表情で考え込む。

「彼は、この店に来てから食事をしていないの」

「えっ」

俺は目を見開いて火門さんの顔を見た。

「だって、一八年間ですよ!?　その間、一度も？」

「仙人だもの、何も食べなくても生きていけるのよ。中華妖と同じで、この世界の霊力を吸うことができるから。飲み物は飲んでいるし」

けれど、と言って彼女は暗い顔をする。

「地上界にいる限り、アタシたちも人間の影響を受けるの。体力を使えばお腹も減るし、疲れればちょっとした病気にもなる。身体も傷める。店にいれば料理を見た時だって美味しそうだと思うはずなんだけど」

　確かに、月楽の心の底には食欲があった気がする。だがそれ以上に罪の意識が強く、心の中を重く塗りつぶしてしまっていた。

　食事をする資格などない、許されない、だなんて。いったい誰に……？

　本当にねえ、と火門さんは頰に手を当てて口を尖らせた。

「料理ができない、っていうのも同じ原因のような気がするのよね」

「月楽が？」

「そう、料理の知識はあるんだけど、実際には作れないのよ。料理をしようと鍋を握ると、腕が痺れてしまうんですって。今日のタケノコみたいに、包丁を使った軽いことはできるんだけど。ああして手伝いをするのも久しぶりよ」

　確かに、知識は豊富なのだから、彼が調理すればいいのに、と思っていた。まさかそんな真相だったなんて。

「この町に来た時、大怪我をしていたのよね。経絡という、いわば霊力が流れる血管を大きく傷つけたんだって本人は言ってたわ。要は心理的外傷みたいなものかしら」

　俺は皿に残されたタケノコの残りを見つめた。そんな身体だったのにさっき彼は手を貸してくれたんだ。

「火門さんたちは月楽の過去を知っているんですよね？　どうしてそんなことに」

「全部じゃないわ。ほんの少しだけ。彼は食の知識も一流だし、使っている術も確かなもの。符呪を描くのに使ってる『金餐杓《きんさんじゃく》』も一級品の仙術道具よ。でも……」

少しだけ考え込んだ火門さんだったが、すぐにさっぱりとした笑みを浮かべた。

「やめましょ。彼自身が話さない以上、話題に出すのはよくないわ。どんな過去をもつ流れ者でも、法規《ルール》を守る限りは広く受け入れるのがこの港町ヨコハマのよいところなんだから」

「そう、ですね」

曖昧に頷いたところでモニターの呼び出し音が鳴る。個室からだ。

「気持ちを切り替えて。目の前のお客さんが優先だからね」

ばん、と背中を叩いて火門さんがウィンクする。

「月楽たちが痺れを切らしてるわね、さ、行っていいわよ。初めてのお客さん……その目で反応を確かめてきて！」

「は、はい！」

俺は何とか気持ちを切り替え、慌てて厨房を出た。

「ああ、サトシさん！　大変美味しいですよ！」

個室に入った俺を迎えたのは、山下公の嬉しそうな声だった。

大きな円卓にはさきほどのお粥、それにランチの付け合わせがいくつか並んでいる。

山下公はレンゲを手に取り、まさにお粥を食べ終えるところだった。

「この穏やかなあじわい、一口ごとにやわらかな春を食しているみたいで堪らないですねえ」

「よかった、喜んでいただけて！　心を込めて作ったので、ぜひ美味しく召し上がってください」

「そう、その真心ですよね。じんわりとしたこの癒やされる力は素材のものだけではない。サトシさんが心を掛けてくれた分、豊かな霊力が私の中に入ってくるのがわかります」

最後の一口を上品に口に運んでから、ほう、と息をついて山下公はレンゲを下に置いた。

「粥の滋味、そこに菜の花の鮮やかな風味とタケノコのシャキッとした感触が乗って、本当に素晴らしかった。美味しかったです、ごちそうさまでした」

静かに頭を下げる姿に俺も慌てて応じる。月楽が隣で小さく微笑んだような気配がした。

「あなたは腕がいいし真心も素晴らしい。よい昼食をいただいたおかげで、身体の調子もよくなりました」

「ほんとですか？　よかったです！」

山下公に答えながら、俺は不思議な喜びが胸の中に湧いてくるのを感じた。懐かしいような、ずっと忘れていたような感情。

そうだ、これは誰かに料理を食べてもらって、『美味しい』と言われた時の喜びだ。

月楽が、どうぞ、と彼にお茶を差し出す。

「山下公はまずご無理をなさらないように。この町を統括するお立場でお忙しいのはわかりますが、かけがえのない御身ですから、ご自愛くださらないと」

「ありがとう、ご心配をお掛けしますね」

俺はさきほど火門さんに聞いたことを思い出した。

「そうか、地上にいると、神様も人間と同じように具合が悪くなるんでしたっけ」

山下公は静かに頷く。

「地上界で生きる限り、誰もが平等に道の影響を受けます。道とは流れ。道の理《ことわり》で道理と言いますから、それには神も妖も魔も逆らえないのですよ。もしも神が本当に万能だったら、怒って嵐を起こしたり、人間に退治されたり、そういう逸話もなかったはずでしょう？」

「確かに」

「万能、ということは何も受け入れずとも完成しているという意味です。太古にはそのような存在もありましたが、いまはそんなものはありません。世界さえ不完全であり、だからこそ我々は補い合って暮らしていく必要があるのです」

「サトシくん、話半分でいいからね。月楽と同じで、山下公の話はいつも難しくて長いのよ」

苦笑しながら話に入ってきたのは火門さんだ。

山下公と月楽は顔を見合わせて憮然とする。

仲のよい三人のやりとりに俺はますますほっこりした。

「そういや火門さん、お店は？」

「時計見てちょうだい、もうラストオーダーよ。今日はお客さんのハケもいいし、作るだけ作ってあとは桃葉娘たちに任せてきたわ」

それより、と火門さんは腕組みをして山下公を見た。

「食べ終わったなら呼んでくれなきゃダメじゃない。殭屍事件の話、するんでしょ？」

「あっ、そうですよね。あまりに美味しくて、つい夢中に」

山下公の言葉に重なって、刑天や福福たちがゾロゾロと部屋に入ってきた。俺と刑天、月楽と火門さんは円卓に座り、福福は床に座り込んでこちらを見上げる。

山下公が一同を見回し、それから俺に笑いかけた。

「では改めまして……事件の捜査協力をこの店に要請したのは私です。事の発端は二日前の夜、三人の遺体が殭屍となって葬儀社から逃げ出したことにありました」

「三人もいたんですか!?」

「そのうち一人はすぐに捕まり、もう一人がサトシさんのご協力で確保された田中さんです。その節はありがとうございました」

丁寧に言ってから山下公は室内に視線を巡らせた。

「残るはあと一人。何か手がかりがありましたら、桃源郷飯店の皆様もぜひ陰界官庁にお知らせくださいよろしくお願いいたします」

「もちろんよ、任せておいて！」

火門さんが顔を上げる。その表情に強い意志が見えたように思えたけれど、それは事件解決への決意だったのだろうか。

そういえば、と山下公が俺に微笑みかけた。

「サトシさんは、昨日こちらの店にいらしたばかりですよね。その際に殭屍に噛まれたと聞いていますが大丈夫ですか？」

「はい、すぐに月楽に浄化してもらったので」

「それはよかった」

山下公は手元にあるお茶を見つめた。

「殭屍にはさまざまな特徴があります。常に飢えている、飛び跳ねる、夕方から活動する、などですが……最大の特徴は、増え方なのです」

「増え方、ですか」

「そう、増え方には三種類ありまして。まずは一つ、道士が術で遺体を殭屍にする。もう一つは殭屍に噛まれる。そして最後は、中華妖が作り出す」

「中華妖がキョンシーを作る……」

「ええ。これまでの二体の殭屍を陰界官庁の部下たちが検分した結果、道士の術でも、噛まれたわけでもないということがわかりました。一体なら偶然かもしれませんが、二体とも同じ要素を示したのなら、これは確定事象ではないかと」

つまり、と彼がひっそりと顔を上げる。

「……中華妖に殭屍にされた可能性が非常に高いですね」

俺はゴクリと唾を飲んだ。

「それってもしかして、犯人がこの街に……いや、この店にも来てるかも、ってことですか？」

「おそらく」

知らないうちに店の中で凶悪な中華妖とすれ違っていたかもしれないってことか。背筋がひやりとするのを感じる。

あ、と刑天が口を挟んだ。

「田中さんは赤ちゃんの声が、と言ってましたぜ。赤ちゃんの中華妖とか、いましたっけ？」

「それも一つのヒントかもしれませんね」

山下公は月楽、それに火門さんを見回した。

「じっくり捜査して、と言いたいところですが解決までの期限は十日間。これは日本の警察にもらった猶予期間です」

そういえば田中さんの遺体の引き取りに来た刑事、間嶋と言っていたが、普通の雰囲気ではなかった。

「人間の警察と、我々の横浜中華街陰界官庁の間ではひそかな取り決めがあります。妖が容疑者と目された場合、人間側の捜査の前に期間を設け、陰界官庁が先行捜査できるのです。人間は人外を認識できないことも多いので、現実の事件として扱う前に内々で解決させていただくもので、一般の方々はもちろんご存じないでしょうね」

「オカルト事件簿みたいに、フワッと解決するわけじゃないんですねえ……」

俺の言葉に福福が首を振る。

「サトシ、そんなのは凄い昔の話だよ。中華妖の中でも時代劇級」

「そうなの!?」

「昔はそれが許されましたが、いまはしっかり事件として扱われます。これもまた時世ですね」

山下公は自分の組んだ手を見つめる。

「人間の世界で生きる以上、我々も中華妖も定められた法規を守る必要があります。それが共存の掟。期限は残すところあと七日。冥府の役人たち、人間の警官たちも捜してくれていますが、できれば我々で先に確保したい」

「これまでもいろんな事件の解決に協力してきたけど、今回ばかりはうちも本気だわ。だから最初の二人もあれだけ必死に見つけて浄化したわけだし」

ふんっ、と荒い鼻息をついて火門さんは力強く腕組みをした。

「いったい何のために、どうしてこんなことをしてるのか。犯人を捕まえたらタダじゃおかないんだから！　……ねえ、月楽!?」

怒っているようにも聞こえるけれど、それが逆に頼もしい。火門さんはおしゃべりで軽めな雰囲気だが、きっと責任感が強いのだ。だから俺の面倒とか、こうして頼まれたことをきちんとやりたいと思ってくれている。

対する月楽は静かに頷くだけ。でも、その内面に優しさが隠されていることはこの二日間で十分にわかった。

「サトシくんのさきほどの能力も大変役に立つものです。怪しい感情を持つ中華妖がいたらどうか教えてください」

「俺でよければ喜んで！」

ふふっと火門さんが笑う。

「サトシくん、ほんとに有望株よ。大きなポテンシャルがあるわ」

「そのくらいにしてください……まだまだ全然素人ですし」

何だか褒められっぱなしで痒くなってくる。頭をかいた俺に火門さんは満足げに頷いた。

「技術のことを言ってるんじゃないのよ。料理の技術は年月をかければ身に付く。でも一番大事なのは、心。美味しい料理を食べさせたい、っていう真心よ」

「心……」

「どうやったら相手が最高に満足して満腹になるか、じっくり考えて最良を選ぶ。その姿勢はなかなか身に付くものではないのよ」

俺は新鮮な気持ちで火門さんの言葉を聞いていた。

技術ではなく、心、か。

「要は『料理が好きな食いしん坊のお節介』の俺にとってぴったりな職場ってことですかね！」

好《ハオ》、と山下公が微笑んだ。

「その通り。この店はまさに適材適所で上手く回っていると思います。サトシさんもその一員で、ピタリとハマっているように見えますね」

「能力も、人も、それこそ『素材』の使いこなしよう」

俺を見つめながらそう言ったのは月楽だった。

「お前の能力だってそうだ。吃神子剝皮《タケノコを食べるためには皮をむく必要がある》……どんなに難しくても、一歩一歩、きちんと段階を踏んで役立てる場所を探せば、いつかどこかで輝く素材になる。人も食材も変わらない」

「ありがとう……」

月楽がそんなことを言うなんて、予想外すぎてポカンとしてしまった。

「あらまあ、どんな風の吹き回しかしら？　二人が仲よくなってくれて嬉しいわ」

「別に、正しいことを言ったまでだ」

ツン、とそっぽを向く。その表情と動作は相変わらずだ。

俺はしみじみと嬉しさを噛み締めていた。

人間の素質も、料理の素材も、春野菜も同じ。生かし方次第なんだ。

トラウマだった力も鍛錬を積めば制御できるようになるとわかったし、月楽との距離も縮まった気がする。

「それなら次期店長狙ってみようかな！　素質があるって言われるとそんな気がしてくるし！」

月楽はいつものように眉をつり上げた。

「すぐ調子に乗るのはお前の悪いところだぞ。店長など、まだ一〇〇〇年早い」

「な、長すぎない!?」

俺たちの他愛ないやりとりを、神様二人はニコニコしながら眺めていた。


夕暮れ、外にゴミを出しに行くと、路地裏にほっそりした人影がしゃがんでいた。月楽だ。

足下にいるのは小さな影……耳の丸っこい猫?

俺の足音に気付いたのか、猫はパッと顔を上げてあっという間に走り去る。

「ごめん、餌付けとかしてた?」

月楽は立ち上がり、いや、と首を振った。片手には飲みかけのペットボトルを持っている。俺は意外な気持ちになった。

「月楽、ソーダなんて飲むんだ」

「飲み物なら罪悪感を抱かない。その中でも炭酸飲料は甘くて口が爆発しそうで、それなりに好きだ」

独特な感性だなと思う。相変わらず横顔はツンツンして寂しげだけど。

俺は持っていたゴミをダストボックスへ入れて、彼に向き直った。

「あのさ、……今日はありがとな。俺の困った能力を術で制御してくれたし、いろいろ教えてくれたし」

「さきほども言っただろう。正しいことをしたまでだ。礼には及ばない」

「でも本当に感謝してるんだって。おかげで俺の人生が少し変わったんだ。お礼を言うのは当然だろ」

いや、少しどころではなく、大きな変化だったのかもしれない。能力を使って誰かの空腹を読み取り、料理に生かしてお腹を満たしてあげる……それが成功したのは久しぶりだったし、自分の意思で成し遂げられたのは初めてだったから。

だからさ、と俺は月楽をまっすぐに見る。

「月楽が困った時も、言ってほしい。力になるから」

「困っていることなど、ない」

「でも、食事をしないって」

月楽は一瞬、驚いた顔をしたが、すぐにこれまでと同じようにそっぽを向いた。

「お前には関係ない」

「関係あるよ。だって月楽、いつもお腹を減らしているんだろ？　それって辛いじゃん。今日の妖亀と一緒でさ」

俺は大きく頷き、強い目で彼を見た。

「月楽は今日、俺が変わるきっかけをくれたから、俺も恩返しがしたいんだ。いつか美味しい料理を作って、食べてもらいたいなって思ってる」

彼は複雑な眼差しで俺を見つめた。だがすぐにふうっと息を吐き、そっぽを向いてしまう。

「お節介め」

「よく言われる」

俺は笑い、彼は逆に不機嫌そうな表情でふんと鼻を鳴らした。

「だから、お前を雇うことに反対だったんだ。お前はお節介で世話焼きだから、首を突っ込みすぎる。いつか怪我だけでは済まずに、あの殭屍に噛まれた傷以上の痛みを負うぞ」

えっ、それって。

「最初から心配してくれてたってこと？」

月楽は黙って夕暮れの風に吹かれている。

「月楽さあ、さっきも妖亀のことを心配していたし、俺のことも何だかんだ細かくサポートしてくれて、もしかして本当は優しい人なんじゃ……」

「……余計なことまで喋りすぎるんだ、お前は」

ふうっと息を吐き出してから月楽は顔を上げた。その目が一瞬、鋭い色を帯びる。

「人を簡単に判断しない方がいい。許されざる罪人かもしれないのだから」

声音がいつもより低い。夕暮れの風が月楽の髪をなびかせ、影になった顔立ちが恐ろしい程に美しく見えた。背筋がぞくりとする。

彼は無造作に髪をかきあげてから、ペットボトルのキャップを閉めた。

「ゴミ箱の蓋はきちんと閉めておけ」

「あ、うん」

身をひるがえして去っていく月楽の後ろ姿を、俺は曖昧な視線で見送る。

いつかその心の内を見せてくれるだろうか。

俺の作った料理を食べてくれるだろうか。

夕暮れの風に、遠い汽笛がゆったりと尾を引いて流れていった。

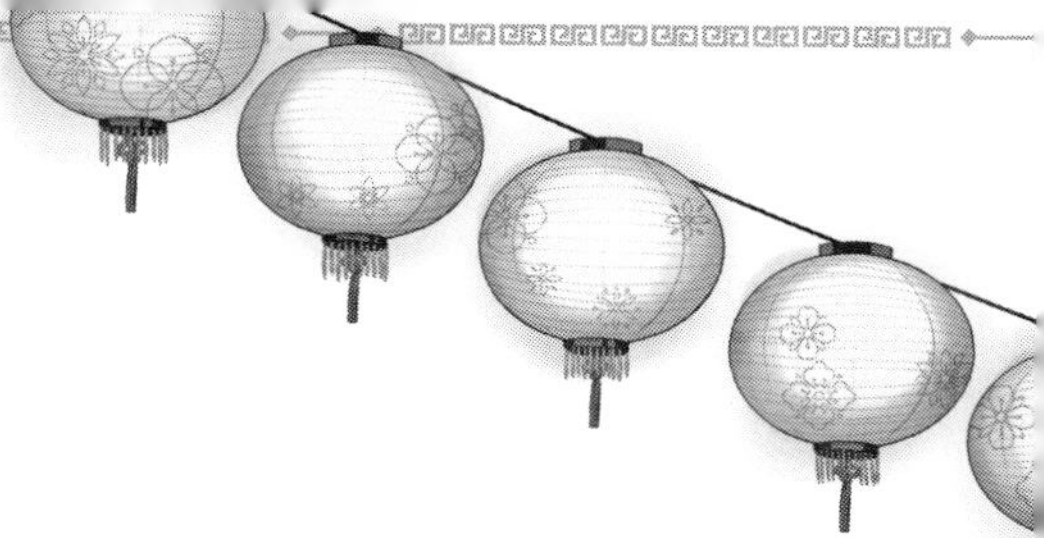

第三餐

思い出の酢豚！
人と神と、
甘酸っぱく切ない絆

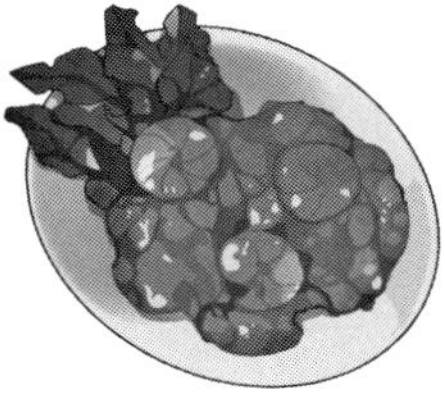

俺のバイトは太極拳から始まると言ったら、実家の家族たちはびっくりするだろう。

朝の光の中、店の前で俺は一心に身体を動かす。緩やかに、時にダイナミックに、まるで道《タオ》の風に身を委ね……。

「手の動きが違う！」

「ひぃ！」

ピシッと手を叩かれて俺は悲鳴を上げた。

「全然滑らかではない！　こうだ！」

月楽《ユエル》はいつもの白い漢服ではなく、動きやすいジャージを着ている。

仙人にジャージ？　でもこれが恐ろしいほど似合うのだ。

謎の音楽に合わせ、月楽は優雅に手を動かし、足を上げてくるりと回る。その姿は後光が差すほど美しい。ジャージだというのに神々しさに溢れているのだ。

感動した俺は早速真似してみた。が。

「こんな感じ？」

「違う！　そんな鍋に乗せた蟇蛙《ひきがえる》のような動きをするな！」

「えええ、わからないって！」

その向こうでは刑天たちが虚ろな目で、しかし緩やかに手足を動かしていた。

「刑天たち、上手だよな。もしかして練習した？」

「いや、元々踊れるんだ。どこの妖村でも爺ちゃん婆ちゃんは早起きして公園や広場で踊ってんだよ……俺らも小さいころから付き合いで踊らされてるから……」

「そっか、日本のラジオ体操みたいなものか」

「そこ、無駄話をするな！」

月楽は体操の先生のように腰に手を当てて胸を張る。

「太極拳は修仙初心者にぴったりの入門編武道だ。経絡を整え、気のめぐりをよくする。神仙界でも張三師仙の指導の下、朝はみんなで踊っているぞ！　サトシの能力制御のため、みんなで踊ると決めたのだから最後までやるのだ！　あと十分！」

「わ、わかった、がんばるよ！」

朝の光の中、俺たちは再び熱心に踊り始めた。


バイトを始めて早五日。

俺はせっせと桃源郷飯店に通っていた。

「じゃあ今日も元気にがんばりましょ！　サトシくんは湯《タン》をセット！　それからニラとショウガを刻んで肉切ってソース作ってお粥！　レッツゴー！」

「はいっ」

仕事内容もだいぶ覚えた。今日も手際よく鶏だの豚肉だのを用意し、寸胴鍋に入れ、火に掛ける。

バイトの時間はちょっと長めの十一時間。といってもランチ終わりの二時から五時までは休憩だし、その時間も相場の三倍という高時給が発生するのでかなり美味しい。

「今日のランチはえーと、酢豚、かに玉あんかけ、それに雲呑《ワンタン》麺とチャーシュー丼ね。アタシは豚肉切っとくから、サトシくんは菜譜帳《レシピ》を基に酢豚のソースを作ってくれる？　いつも通り昼の分を一気に作り置きで」

「了解です」

火門さんや月楽の指導、さらに菜譜帳のおかげで、下ごしらえの手順も少しずつわかってきた。冷蔵庫の中に用意しておく素材と、作り置きするソース類。野菜も軽く一度揚げておいて、出す時にもう一度揚げると時短になる、などの裏技。

「アタシは歴代店長の調理補助をしていたんだけど、主体的に料理を作ったのはキムさんが入院してからなのよ。いきなりメインで料理する羽目になった時は戸惑ったけど、本当にこれには助けられたわねえ！」

パラパラと火門さんがめくっているのはあの菜譜帳だ。

「サトシくんも読み進めてくれてるのよね。もう三冊目までたどりついたの？」

「はい、一冊目と二冊目は漢字が難しかったですけど、三冊目のキムさんレシピでは、あんかけ炒飯《チャーハン》に排骨飯《パーコーハン》、空豆と蝦の炒め物など、どれも美味しそうでした」

　俺は三冊目の菜譜帳のページをめくった。油で汚れた大学ノートの中にはぎっしりと文字や図が描かれ、それ以上に深い思いが詰め込まれているように思える。

「キムさんがこの店に来てすぐの時も、前の代の料理長の菜譜帳を渡して、一緒に眺めたものよ……同じ人の菜譜でも年代ごとに違うのよね」

「へえ、ずっと同じものかと」

「そういう人もいるけど、特にキムさんは流行モノが好きだったからよく手を入れてたわ。だからほら、酢豚のレシピが二つ。でも本当は三つ目の菜譜があるのよ。三冊目もそろそろ終わるし、最新の酢豚の菜譜は新しいノートに……ってところでキムさんが倒れちゃって、そのまま」

　確かに三冊目の酢豚の日付は十年以上も前のものだ。

「だから最新の菜譜はないのよね……燻製油淋鶏《ユーリンチー》とか、焦がしカラメルの東坡肉《トーロンポー》とか、キムさん、オリジナル中華だってはりきってたのに」

「タイトルだけでうまそうだなあ」

「凄ーく美味しかったわよ！　でもひとまず一世代前の菜譜はあるわけだし、いまはそれで作ってるってわけ。『当店特製酢豚』これね」

「ええと、ソースは醬油、水、酢、チリソース、それにトマトケチャップとキビ糖と……コーラ!?」

「うちの酢豚はそれが必須なの。ほんのりスパイス風味がクセになるわよ」

酢豚にコーラ。確かに風味は出そうだが斬新すぎる。

「あれ、本場には酢豚っていう料理はないんでしたよね、確か」

「よく知ってるわね。本場中国だと古老肉《クーローラオ》ってのが一番近い物かしら。味付けはほぼ酢豚と同じなんだけど、必ずパイナップルが入るのよ。元々は糖醋排骨《タンツウパイコオ》という北方の料理がルーツでね。こちらは骨付き肉だけで野菜を入れず、味付けも酸っぱさがなくて甘塩っぱいシンプルな感じ」

レシピの隣には『古老肉』『糖醋排骨』と名前のメモがしてあった。

「何で古老肉っていうんですか？　古くて老いた肉なんて」

「『古くて熟成した肉でも美味しく仕上がる』ってことで古老肉と呼ばれたという説もあるし、古という字は『あんかけ』を意味することもあるので使われたとも。また元々は咕咾肉《グールーロウ》といって、喉が鳴る音、外国人がごちゃごちゃ喋る音から来てるという人もいるわ」

「外国人？」

「元は外国人用のアレンジメニューだったんですって。清の時代に広州《こうしゅう》にやってきた外国人が、甘くて酸っぱいあんかけ料理を気に入って食べていたことから、同じく輸入されたばかりのトマトを入れたり工夫を重ねて作り上げられた。それで『ぺちゃぺちゃ喋る外国人の肉料理』つまり『咕咾肉』と」

へえー、と俺は声を上げた。

「生粋の中華料理を大アレンジして生まれた料理なのか」

「そうそう。中華料理の自由さと、お客さんに合わせてのアレンジ力があるわよね。でもその古老肉が酢豚として輸入されたあと、最近の味付けでは糖醋排骨に近い方へ逆進化したって話もあるのよ。先祖返りというか」

「もはや何でもアリですね……」

「そもそも外国人と出会うことで進化を遂げてきた料理だからね。元々あった料理をその場所に、お客さんに合わせて変化させる。日本もそういうの得意よね。いろいろと和製中華も多いじゃない？　ラーメンも、サンマーメンも、天津飯《てんしんはん》だって」

「えっ、天津飯って日本で生まれたんですか!?」

「そうよー。知らなかった？」

俺はため息をついた。何気なく食べている中華料理の中にもしっかり日本料理が交じっていたのか。

「広州って横浜と似てるかもね。新鮮な海風に育まれて、新しい物を生み出す文化があるから」

ふ、と息をついて火門さんが笑う。

「歴史や伝統も大事だけど、まずは相手が食べたい物、美味しい物を出すのが大事よ。サトシくんは入ったばかりなんだし、ちょっとずつ覚えていってくれればオーケー。知識はそのあとでいいの」

「そうなんですか？　もっとたくさんの知識がないとダメかと思ったんですが」

「だってここは専門学校じゃない、料理店だもの」

ドン、と巨大な豚肉の塊を取り出し、豪快にぶった切りながら、火門さんはあっさりと言った。

俺はしみじみと火門さんの言葉を噛み締めた。まずは相手が食べたい物と美味しい物を作り、技術と知識は少しずつ身につける。それなら俺にもできそうだ。

「アタシも以前は知識に囚われて、アレをしてはダメ、コレをしなければ、って杓子定規に考えていたのよ。この地方の料理にこの素材は合わせられない、とか」

　でもね、と彼女は作業台に置かれた菜譜帳を見つめた。

「知識がなければダメだけど、料理に法規《ルール》なんてない、って教えてくれたのがキムさんだったわけ。元は船コックでいろいろな局面に対応してきたからか、考え方も型破りだったのよね。聞いたところでは航路が荒れて素材がなくて、魚から肉ステーキ、野菜からお酒っぽいものを造るような無茶もしたらしいから」

「す、凄い」

「そう、凄く面白くて、凄く魅力的な人だったのよ。五〇年があっという間だったわ……もっとここにいてほしかったけど、ね」

　ふうっと息を吐いてから、仕切り直すようにしゃっきりと背筋を伸ばす。

「知識よりもまずは真心と美味しさ！　そして健康！　この寒い時期でも体調を崩さず、毎日元気に通ってくれるのがありがたいの」

「わかりました、ひとまず健康優先でがんばります！」

「そうよ！　そのうえで、異種族みんなで助け合いながら店を盛り上げていきましょう！」

　そうなんだよな。店員の中で人間は俺だけ。

でも一緒に働いてみると一人ひとりに個性があって、確かにこの世界に生きてるのがわかる。むしろ、こうして異種族と和気あいあいやれるというのは、俺みたいに変な能力を持っている人間にとってはちょっと居心地がいい。

木村店長とも会って話をしてみたかったな。もしもここにいたら……どんなことを教えてもらえたんだろう。

「ほら、手が止まってるわよ、次は酢豚に入れるリンゴの下ごしらえと、野菜を拍子に切って！」

「酢豚にリンゴ!?」

「うちはアクセントフルーツがリンゴなの。菜譜帳にも解説が書いてあるでしょ、ほら」

「ほんとだ。『豚、リンゴ、共に甘涼。乾燥や水分不足によし』」

「きちんと考えて組まれてるのよ。キムさんは何しろ新し物好きだし、そういう意外な、新しい組み合わせが得意だったからね。ボヤボヤせずにレッツトライ！　時は金なり、よ！」

「はいっ！」

俺は赤いリンゴを手に取り、新鮮な気持ちで丁寧に皮を剝き始めた。

　その日のランチタイムも混み合っていた。

　中華妖や人外のお客さんが集うのはわかるのだけれど、実は人間のお客さんも結構来る。特にＯＬとか、山手に住んでいそうな品のよいマダムたちとか。さらには会社員男性のリピーターも多い。

　こんな路地裏の奥にある店が、どうしてこんなに繁盛しているんだろうと最初は思った。もちろん料理の美味しさもあるだろう……。

　だがすぐにわかった。

　月楽だ。とにかく女性にも男性にも引っ張りだこなのだ。

　いまも四人組の女性に話しかけられているし、向こうのマダムにも呼ばれている。

あの美しさ、涼やかな笑顔をたたえつつ魅力的な流し目で接客されたら、そりゃあみんな惹きつけられるわけだよ。

「羨ましいよなあ、友よ。副支配人は今日もモテモテだ。中華には『秀色可餐《たべたいほどのうつくしさ》』って言葉があるけど、まさにその通りってわけさ」

刑天がジト目でキッチンモニターを見つめながら言う。言いながらも、両手は凄い速さで餃子《ギョーザ》を包んでいく。

この五日で刑天や福福《フウフウ》たちとはすっかり打ち解けた。

特に刑天は噂好きでパチンコ好き、綺麗なお姉さんも大好き、という部分が凄く人間みがある。

俺は基本的に火門さんの手伝いだけれど、いざランチタイムが始まると彼女はそれこそ三倍速みたいな動きで料理を仕上げていくから、なかなか手を出す隙がない。その技術はまさに神業で、目にも留まらない速さで炎が躍り、鍋が回ったかと思うと、次の瞬間にはもう炒め物ができている。

だから俺はランチ中は付け合わせの盛り付けと、それがない時は夜の仕込みや刑天の手伝いをしていることが多い。それでも、俺が仕込みをした料理でモニターの中のお客さんが喜んでくれるのを見ると、嬉しくなる。

「しかし副支配人、丸くなったな」

刑天に言われ、俺は餃子ダネを捏ねながら思わず彼を見た。

「そうかな。いまだにツンとしてるような」

「以前とは大違いだよ。未熟者の弟子が来たから手いっぱいになったというか？」

「……俺、褒められてないじゃん……」

苦笑しつつ、ふと、モニターの片隅に目を留める。

月楽の背後、一人の男性のお客さんが悩みながらメニューを見ている。その表情にピンと来て、ちょっとだけ彼の心へ意識を向けた。心の扉を開けると、すぐに相手の心が流れ込んでくる。

――うーん、冷たい料理ってないかな……まだ舌が痛い……。

俺はすぐに月楽へのインカムをオンにした。

「月楽、四番テーブルの会社員さん、メニューで迷ってるけど、冷やし中華とか冷たい料理も作れるからって言ってあげてくれる？　口の中をやけどしたらしくて、熱い物が嫌になってるっぽいから」

ああ、と声がして、モニターの中の月楽がテーブルへ向かっていく。俺はホッと息をついた。

刑天がマスクの下で、ひゅう、と口笛を吹く。

「お前の能力も絶好調じゃん！」

「前はほんとに余計な能力だったんだよ。役に立つようになったのはこの店に来てからさ」

もちろん、まだ能力を完全制御できるわけではないけれど、正しい道、間違った道がわかっただけでもありがたい。

それを教えてくれたのは月楽だ。

モニターには彼の後ろ姿が映っている。にこやかに対応しているが、その背中にはどこか、他人を拒絶する冷たさがある。

俺が初日に垣間見た、寂しい光景と飢え。あんなものを見せられたら、お節介じゃなくたって放っておけない。

いつか、俺の料理でその飢えを満たすことができればいいんだけど。

「こうして見るとみんな穏やかにメシを食ってるのに……ここの客たちの中にキョンシー事件の犯人がいるかもしれないんだろ？　信じられないな」

刑天の言葉に、俺は急に現実へ引き戻された。

思い出されるのは山下公の言葉。

『中華妖に殭屍《キョンシー》にされた可能性が非常に高いですね』

「そもそも最後のキョンシーはどこにいるんだよ。灶君や副支配人も毎晩のように捜索に出てるのに見つからないんだから。いったいどこの誰が隠してるんだか」

俺は、うーん、と考え込んだ。

「もしや身内に紛れてるとか？」

「おいおい、マジで怖いこと言うなよ。本当、早く見つかってほしいぜ」

「最後の一人ってのもやっぱりご老人なのかな」

「さあ。俺たちも詳しくは聞かされてなくて」

視線を動かした刑天が、あれ、と声を上げた。

「……あの子。また来てる」

三階のモニターの中で、桃葉娘《タオバイニャン》が一人の少女を案内してくる。

窓際の席についたのは猫少女だ。バイト初日、メンマの匂いが違うと俺を呼び止めたあの子。

「あれ、猫の妖怪なのかな」

「ああ、この店の常連だよ。ここ一年は結構頻繁に来てたんだよな。それこそ毎日のように」

でも、と刑天は首を傾げた。

「十日くらい前からちょっと間が空くように……ああ、今日は酢豚か」

刑天の声と同時にモニター上へ注文が上がってくる。酢豚定食だ。

「たぶんキムさんが餌をやってた子猫の内の一匹だと思う。そこまではっきり覚えてないけど、あんな雰囲気の子がいたはず」

「ってことは、あの子、元は猫ってこと？」

「金華猫はみんな最初は普通の猫なんだ。人に飼われた猫が、三年の間、月光を浴び続けて成ると言われている。なりたい、っていう意思で中華妖に変化するんだから凄いよな」

「三年間も……」

彼女を見る限り、とてもそんな鉄の意志があるようには思えない。でも、しっかり背筋を伸ばして食事をしているのを見ると、心がまっすぐな子なのかな、とは思う。

「そうだ、みんなで木村店長のお見舞いに行ったらどう？　まだ入院してるんだよね」

俺が言うと、刑天と福福は一瞬、困ったような顔になった。

「……神仙はともかく、俺たち中華妖はお見舞いには行けないんだよ。弱い人間の霊力を下げて死なせちゃったりするから、病院だの老人ホームだのに行くのは陰界庁の法規でも禁止されてんだ」

言われてみれば確かに納得だ。昔から、人外と病や死は密接な関係があるとされてきた。

でも、親しい人のお見舞いにさえ行けないなんて。何だか切ない。

「じゃあ俺が代わりに……」

「こらそこ！　サボらないの！　酢豚できたわよ、仕上げよろしく！　次はかに玉定食ね！」

火門さんが絶妙なストロークで酢豚の皿をツーッとこちらに滑らせてくる。

俺はそれを受け取り、前菜などと合わせてお盆に盛り付ける。最後にミニ桃仁《トウニン》豆腐を並べたら完成だ。

「はいよ、桃葉娘、よろしく！」

「ハイ」

返事をした桃葉娘が次々とお盆やお皿を重ね持ちして運んでいく。

「さて、じゃあお次は……イカね！」

火門さんが叫んだ時、厨房に古風なベルの音が鳴り響いた。最新鋭の厨房なのに、固定回線だけは博物館級に古い黒電話なのだ。

「サトシくんごめん、ちょっとお願い！」

火門さんはイカを炒め始めている。俺は慌てて電話に飛びついた。

「はい、万福招来！　こちら桃源郷飯店です！」

受話器の向こうで、あ、と驚きの声が上がった。

「木村店長……？　いつの間にお帰りに!?」

声はまだ子供で、たぶん小学生くらい。俺のことを木村店長と勘違いしたようだ。

「ごめんね、俺、木村店長じゃないんだよ。サトシっていう店員なんだ。何か、ご用かな？」

優しく言ったつもりなんだけれど、向こうが少しだけムッとしたのを感じた。

「子供扱いは不要です。……なるほど、あなたが新しく来た店員さんですか。間違えてすみませんでした」

「い、いえ」

何だか一気に大人びた口調になった。俺はゴクリと唾を飲み込む。

「初めまして、僕の名は関平です。明日の晩餐のために個室を予約したいのですが」

「かんぺいさん、ですか。初めまして。ご予約ですね」

俺は受話器を持ったまま慌てて頭を下げる。

ふっと、相手が電話口で小さく笑った気がした。

「ちょうどいい。あなたがこの店の人間料理人としてふさわしいか、試させていただきます」

「試す？」

「明日の七時、個室を予約します。人数は二人、僕と周倉将軍《しゅうそうしょうぐん》です。主菜をチョイスできるハーフディナーコースで、主菜は……酢豚を」

「ハーフコースで、主菜は酢豚ですね、了解しました」

慌ててメモを取っていると、電話の相手は小さく息をつく。

「ただの酢豚ではありません。木村店長とまったく同じ味の酢豚を、あなたに作っていただきます」

「まったく同じ味の酢豚を、俺が!?」

そこでようやく火門さんがこちらの異変に気付く。大丈夫？　と目で訴えてくるが、俺は頷くことしかできない。

「では、頼みましたよ。よろしくお願いします」

一方的に告げ、電話は切れた。

「ちょっと、どうしたの？」

「ええと、かんぺいさん、という子供からの電話でして……俺を試したいから、木村店長とまったく同じ味の酢豚を用意してほしいと」

「関平くんが？」

火門さんが軽く驚きの声を上げる。

状況が落ち着いてみるとピンと来るものがあった。何しろ俺はマンガ三国志を履修済みなのだ。

「もしかして、かんぺいっていうのは三国志の関羽将軍の？」

「あら、知ってるのね。そうよ、いまはそこの関帝廟に祀《まつ》られている神様の一柱よ。近所だからたまに食事にいらしてたんだけど」

関帝廟には三国志演義の登場人物、関羽将軍が神として祀られている。義に厚く、蜀《しょく》の劉備《りゅうび》や張飛《ちょうひ》と義兄弟の契りを結び、最後まで劉備の建国のために尽くした人物だ。死後は神様として広く信仰を集めており、いまでも各地に廟がある。

「関公は人気者だから中央神仙官庁での仕事がめっちゃ忙しいのよ。代わりに、ここ横浜陰界では息子さんの関平くんとお付きの周倉将軍が活躍してるの」

ということは、もしかして俺は本物の三国志の登場人物と電話で会話したのか!?　いまさら嬉しさがこみ上げてくる。

「そういや神様の関平くんは子供なんですね。顔色白にして忠義深く親孝行というし、二〇歳くらいの青年かなと思っていたんですが」

「そうね、中華神圏ではいわゆる『理想の息子』ポジションで、各地の関平くんは青年が多いんだけど、この横浜では何故か小学生の姿で顕現しているわね。地元の小学校にも通っているし、甘めの料理が大好きで、キムさんの酢豚も大好物で」

そうね、と火門さんは少しだけ切ない目をした。

「……これはちょっと、厄介な依頼かもしれないわね」

そのまま考え込む火門さんを、俺はただ見守ることしかできなかった。


「今日の賄いメシは、酢豚でーす」

俺の声に、刑天が作業台の上を見て目を丸くする。

「これ、全部!?」

そこには茶色い酢豚が何皿もひしめき合っていた。

午後二時にランチタイムが終わると、一旦店を閉め、ようやく俺たちの昼メシタイムとなる。厨房の作業台を食卓代わりに、俺の作った賄いメシをみんなでワイワイ食べるのだ。

月楽だけは食事に手を付けないけれど、代わりにお茶を飲みつつ会話には加わってくれる。店のみんなで食卓を囲む時間を、彼なりに大切にしてくれているようだった。

バイトの次の日から賄いランチ作りは俺の仕事の一つだった。賄いといっても好き勝手に作っていいわけではない。中華料理の勉強も兼ねて菜譜帳を基に組み立てることになっている。

一昨日はあんかけ炒飯とスープ。

昨日は清蒸魚《チンジャンユ》とサラダ。

でも今日は酢豚だけ。もちろん、いつもの漬物と例湯《ライトン》はあるけどね。

「ちょっと困ったことが起きてさ。みんなに頼みがあるんだ」

俺はズラリと並べた皿を見回す。

どれも茶色で艶めいた酢豚であることは変わらないが、よく見ると皿ごとに素材が違う。豚肉は一緒でも、他の材料が違うのだ。

「いろんな野菜と味付けで試作してみたから、どの皿が一年前の木村店長のに近い味か、教えてほしいんだよね」

「キムさんに近い味!?」

一同はそれぞれ困惑の表情を浮かべつつ、酢豚を口に運んでいった。

俺も一つの皿から酢豚をよそい、早速ぱくりと食べてみる。アレンジはいろいろあるけれど基本的なあじわいは同じ。程よい大きさの豚肉は茶色でしっとりした醤油あんをまとい、噛み締めると甘さと酸っぱさが口に広がって、ついつい白米が進む。

今回はそれに火門さんが覚えている限りのアレンジを加えてみた。アクセントフルーツをマンゴーにしたり、ドライアプリコットにしたり、甘さを控えて本場の味に近付けてみたり。

「俺はこの、普通の野菜入りが美味しいと思うけどな」

「俺も！　野菜はキライだけど、このパイナップルは美味しい！」

刑天や福福が賑やかに話す声を聞きながら、俺は関平くんたちのことを考えていた。

関平くんは子供だというけれど、周倉将軍は関羽公のお付きの武人だ。関羽公はとにかく足の速いことで知られる名馬『赤兎馬《せきとば》』に乗っていたのだが、周倉将軍は自分の馬を担いで走ってそれに追いついたというとんでもない逸話を持っている。そのせいか、この町に住んでいる周倉将軍も日焼けしたスポーツマンだとか。

「でも関平くん、何で俺にあんな注文をしたんだろう。この店にふさわしいかどうか、ってのがまずわかんないんだよな。俺なんてただのバイトなのに。もしかして、木村店長と間違えたのを指摘しちゃったから……」

「あら、間違えられたの？　そうね、言われて見ればちょっと声の感じが若いころのキムさんに似てるかも」

酢豚を咀嚼してから火門さんが深い笑みを浮かべた。

「まあ、彼なりの採用試験、って感じかしら。関平くんも周倉将軍も、ううん、この町の神様や中華妖はみんな、キムさんが大好きだったんだもの」

「そうだったんですね……。キムさんって元々は船コックだったんですよね？　そんな人がどうしてこの店に？」

俺は前から気になっていたことを訊ねる。

「港で殴り合いのトラブルになっていたところをアタシと山下公で助けたんだわ。いまと同じようにちょうど店長がいなくて困っていた時だったの」

思ったよりもワイルドだ。驚く俺の隣で刑天が意味ありげに頷く。

「実は俺も似た感じで木村店長に拾われたんだよな。憧れだけで横浜に来たはいいものの、スマホ一つで何もできなくてさ。そしたらキムさんと灶君が、家とか着るものとか親身になって用意してくれて。キムさんはバカデカい肉まんくれてさ」

「あれっ、刑天も肉まんもらったんだ？」

俺の言葉に刑天も、それに福福まで頷いた。

「ご主人サマとオイラも助けられた時に肉まんもらったよ。そのあとも優しくしてもらって……本当にいい店長さんだったな」

火門さんと山下公が木村店長を助けて、その木村店長が月楽たちを助けて。そしてその月楽が、俺を助けてくれて。お節介の連鎖だ。

「キムさんは肉まん片手によく街をフラフラしてたからね。お腹を空かせてるやつにやるんだってね。そしてこの横浜という港へ運命に導かれてやってきた一同は美味しい肉まんにつられて謎の中華料理店に集うのであった……ちょっと歴史ドラマっぽくない!?」

ロマンチックに言った火門さんだったが、ふっと表情を緩めて皿の酢豚を見つめた。

「でもね、人間はすぐにいなくなってしまうのよね。どんなに好きだった人も、懐いた相手も。だから神様や中華妖たちは変わることのないこの店にやってくるのよ。これまでに結んだ『人との思い出』を求めてね」

「火門さん……」

「人間と結んだ『縁』は短いし、儚い。それをわかっているからこそ、あえて縁を結ばないように努力する者もいるわ」

ちらりと月楽を見てから、火門さんは深い息を吐いた。

「それでもアタシや山下公は新しい縁を歓迎するし、大事にしたいと思っているの」

「新しい、縁」

火門さんは俺の言葉に頷く。

「そうよ。中国のことわざに『有縁千里来相会、無縁対面不相逢』——縁があれば千里の距離があっても会えるし、縁がなければ対面していても心が逢うことはない、というのがあるの。この横浜での出会いにピッタリの言葉だと思わない？」

ただねえ、と彼女は切ない目を細めた。

「経験を積んでも、別れだけは、なかなか慣れないのよね」

俺は静かに話を聞いていたが、たまらなくなって、あの、と声を掛けた。

「もしよかったら、やっぱり俺が店長のお見舞いに行ってきましょうか？　皆さんのお手紙とか、メッセージとかお伝えしますが」

「まあ、ありがとう！　でもそれは山下公がしっかりやってくれてるし、少し前までは、アタシも時々覗きにいってたから」

火門さんの表情が微妙に揺らぐ。

「そうだったんですね！　すみません、よく知りもしないのに出しゃばったこと言って」

うふふ、と火門さんは嬉しそうに笑った。

「いいのよ。アナタの親切、そのお気持ちだけありがたく受け取らせてもらうわ。いまのアタシたちにできる最良のことは、この店を守り、盛り上げること。それが何より、キムさんも喜ぶことだからね」

　ちらりと月楽の方を見てから、さて、と彼女は勢いよく立ち上がった。

「サトシくんは酢豚作りご苦労さま。一通り食べてみたけど……どれも美味しいわ。だから明日はサトシくんが好きな菜譜で作ってみて！」

「でもそれじゃ」

「大丈夫、いまのアナタのベストを尽くせばいいの。お客様の食べたい物を作る、という気持ちがあればきっと大丈夫よ」

　俺は食べ終えた皿を見つめつつ、一口、お茶を啜る。木村店長の、最新の酢豚レシピ。それが関平くんの求める味なのだ。

　何かヒントはないか。せめて菜譜帳の続き、あるいは下書きを見つけることはできないだろうか。

「そうだ。木村店長は新し物好きって言ってましたよね。もしやスマホとかも使いこなしてました？」

「ええ、何か写真撮ったりメモしたりしてたわね。割とこまめに買い換えてたし」

「いまもそのスマホ、あったりします？　その中に、何か正解への手がかりが残されてないかな」

ちょっと待ってね、と火門さんは立ち上がり、ガサゴソと調理台の脇にある中華神棚を漁った。

「はいこれ。でもロックが掛かってるから中身は見られないわよ。あ、でもサトシくん工学部の学生さんだったっけ。解除方法知ってる？」

「やったことないですけど、調べてみる価値はあるかなって」

受け取った黒いスマートフォンは古い型だけど、ホコリもなく綺麗だった。不似合いなピンクのストラップと桃のキーホルダーが可愛い。

火門さんがしみじみとそれを見つめる。

「いつか帰ってきたらすぐ使えるように、一年間、神棚の脇で充電だけしてたのよね。でも……」

言葉に重なって彼女のスマートフォンからアラームが聞こえた。あら、と慌てて立ち上がる。

「昼休憩の間にアタシは山下公の所へ行ってくるわ。みんなも自由にしてていいけど、くれぐれも夕方の仕込み時間には遅れないでね」

あ、そうだ、と言って火門さんが奥の棚から出してきたのは、山盛りの月餅《げっぺい》だ。一つずつ綺麗にセロハンで包まれ、桃源郷飯店のロゴが刻まれている。

「山下公のお土産ついでにおやつも焼いておいたわ。広式《カンシキ》月餅で甘い黒餡だけど、よかったら召し上がれ。食べたら感想も聞かせてね！」

どん、と皿を置いてから、カツカツとピンヒールを鳴らして去っていく。

「サトシ」

声を掛けてきたのは月楽だ。

「少し、話がある。そのスマホを持って、このあと付き合え」

「話って？」

「ついて来れば話す」

表情はいつもの通り冷たく静かだが、その目にはいつになく人間らしい感情がある。

俺は驚きつつも大きく頷いた。


昼下がりの中華街は賑やかだ。みんなお腹がいっぱいだから、心なしか人の流れも緩やかな気がする。

「うーん、これぞ観光地」

　店の路地から出た俺は大きく伸びをした。

　二月も今週で終わり。明るい海風には春の気配も感じられる。

　いつもだったら適当に甘栗だの肉まんだのを買いに行くところだけれど、今日は隣に月楽がいる。

　おまけに初めての私服姿だ。ビッグサイズのパーカにスリムジーンズ、ゴツいスニーカーと黒いキャップとかなりラフな感じ。

　午前中はいつもの漢服だったから、外出前に手早く着替えてきたらしい。目には大きめの伊達眼鏡、口元はマスクまでしているから、適度に観光客の中に紛れ込めている。きっと素顔を晒したらもの凄く注目されるだろう。

「で、どこに行くの？」

「山下公園だ」

　月楽は短く答え、風を切るようにして大通りを歩いていく。俺は何となく宙ぶらりんな気持ちでそのあとをついて行った。

　大通りの焼き物は相変わらず美味しそうだ。でもランチのあとと言えばデザートだよな。

中華街の名物スイーツと言えば、杏仁アイスにパンダまん、エッグタルトに胡麻団子。店先には他にもいろいろ並んでいたけど、露店のイチゴ飴があまりに美味しそうだったので、今日のデザートはそれに決めた。

「この吃貨《チーフオ》め」

串のイチゴを囓りながら歩く俺を、月楽が呆れたような目で見てくる。

「どういう意味？」

「食いしん坊」

うう、視線が痛い。でもこのくらい気安く話せるようになったのはちょっとだけ嬉しい。もはや友人と呼んでもよいのではないだろうか。

「飴を食べながらニヤニヤするな、五歳児か」

まあ、まだまだ前途は長そうだ。

中華街の東端にある山下町《やましたちよう》交番の前を通った時、あれ、と思わず足を止めた。

最初のキョンシー事件の時にお婆さんを運んでくれた警察官。その二人が交番に立っていたからだ。

今日は二人とも『神奈川県警』と文字の入った制服を着ている。一人は背が高くて色の白いイケメン、もう一人は色が黒くてずんぐりむっくりした筋肉質の男。二人は月楽と俺を認めると、ビシッと敬礼をしてくれた。イチゴ飴を食べていて申し訳ない、と思いながら俺も慌てて頭を下げた。

「あの人たちって、キョンシーお婆ちゃんの時の二人組だよね？」

「ああ、黒無常、白無常という中華妖の兄弟だ。ああやって警官の仕事をしているが人間ではない。うちの常連で、福福がよく弁当を配達している」

「中華妖!?　確かに時々デリバリーしてるけど……あれ警察署だったんだ。にしても中華妖の警察官か……」

「今日通った町中にも、実はたくさんの中華妖や神仙がいたぞ。あの角にいた甘栗売りの中年女性は註生娘《ちゆうせいニャンニャン》娘という媽祖《まそ》廟に住まう女神だし、向こうの角で話していた紳士は月下老人という縁結びの神だ」

俺は思わず振り返ってしまった。よくある甘栗の屋台にクルクルパーマのおばちゃんが座っていて、その向こうではスーツ姿のおじさんが肉まんを買っている。どちらも神様には見えない。

「っていうか、この町、ほんとに神様だの中華妖だの多すぎない？」

「この国全体がこんなものだ。むしろ、日本の神々の方がよく出没している。神々同士の争いもなく、平和で、穏やかで。そんな国土であれば神々だってすっかり人間の中に溶け込めようというもの」

そう、と頷いて、しかし月楽は表情を曇らせる。

「神々も人外も人間に馴染み、だがその特性ゆえに悩むこともある」

どういうことなんだろう。しばらく無言で連れ立って歩いているうちに善隣門をくぐり、やがて海の匂いが流れてきた。

横断歩道を渡ればそこは山下公園だ。クラシカルな洋風の園内と、薔薇の咲く花壇。そういえば大崎さんにフラれたのもここだったな、とわずかに切なさを覚えつつ、俺は食べ終えたイチゴ串をゴミ箱に入れ、空いたベンチに座った。

「それで、月楽の話って何？」

「まずはスマホのロックとやらを見るのが先だ。私の用はそのあとで」

「あ、そう？　じゃあお先に」

預かったスマートフォンを取り出し、俺は画面をタッチしてみる。

「思い当たる番号ってない？　四桁で」

「灶君が試した時に、私が考え得るものはすべて伝えた」

「なんだ。それだと解除は難しいかも。このまま返すしかないか」

隣に座った月楽はスマートフォンをじっと見ていたが、やがて意外なことを言った。

「少し、そのスマートフォンを貸してくれないか」

「えっ、いいけど……触れないんじゃないの？」

「触るくらいなら大丈夫だ。いままでも手に取ったことは幾度もある。ただ、弄ると壊れるだけだ」

「それってさ、壊れるんじゃなくて、壊してるんだよ……」

苦笑しつつ、俺は店長のスマートフォンを渡してやる。月楽は恐るおそる手に取り、そっと、壊れ物を扱うように手の中の機械を眺めた。その目にはいくつもの感情が浮かんでいる。

「お前に言おうと思っていた話とは、これをしばらく貸してほしい、ということだ」

「えっ、どうして」

「これは彼の想いが詰まった品だ。少しの間だけ持たせてほしい……。頼む」

眼鏡の隙間から、紫色の瞳が懇願するようにこちらに向けられる。そうか、月楽も木村店長との思い出をたくさん持っているんだもんな。

それにしても顔がいい。おまけにこんな目で見つめられたら断れない。

「うーん、わかったよ。でも壊しちゃダメだぞ」

「恩に着る」

月楽は大事そうな手つきでそれを大きなポケットにしまった。

「さて、木村店長の菜譜の件は振り出しに戻っちゃったなあ。どうしようか」

そもそも、まったく同じ味を、というのは無理だ。霊力や技術のことは置いておくとしても、俺と木村店長は違う人間だし。

とすると、そっくりなものを作ろうとするよりも、別の方法を考えた方がより満足してもらえるのではないだろうか。

「同じ味を目指すんじゃなくて、いっそまったく新しい菜譜じゃダメかな？」

俺の言葉に月楽は目を丸くした。

「まったく新しい菜譜？」

「火門さんは俺の好きな菜譜で、って言ってたよね。それなら、いっそまったく違う物を出した方がいいんじゃないのかなって」

少し考えてから、月楽が深く頷く。

「一理あるな」

「でしょ？」

「というよりも、それが最適解かもしれない。過去に囚われる関平公子や、灶君のためにも」

「火門さんの？」

首を傾げた俺の前で月楽は少しだけ切ない目をした。

「神仙や中華妖には一つだけ、決定的に人間に劣る部分がある……新しいものを作り出すことができないのだ」

俺は驚いて月楽の顔を見た。

「それってつまり、新メニューを考案できない、ってこと？」

「そうだ。灶君や私たちにできることは木村店長をはじめ歴代の店長たちの菜譜をなぞることだけ」

月楽が指を出し、青空に紋様を描く。花のように光が走り、だがすぐに風に流れて消えていった。

「神仙や人外は、歪みを解いたり、呪いをなくしたり、そういった『もつれた糸を解くようなこと』はできる。だが『この世界での未来や可能性をゼロから作り出す』ことができない。不老不死ゆえにこの世の霊気の流れ、生き物たちの円環からは切り離されているからだ」

目の前を鳩の群れが飛んでいく。はばたく音の向こうに小さな子供の笑い声が響く。

「霊気の流れ、食の流れは『生』の流れ。人間は生物を食べ、生き、生み出し、死ぬ。

その躯《からだ》を別な生物が食べ、新たな生物を生み出す。大きな生命の理、道の中で、さまざまなものが消えてまた生み出される」

鳩の群れを目で追ったあと、月楽はほんのわずかな微笑を刻んだ。

「だからこそ、私たち人でないモノは、その光に惹かれるのだろうな。灶君は木村店長に深い想いを抱いていた。おそらく関平公子とは違った意味で、ずっと深く」

ああ、と俺は目を瞬かせた。

そうか。彼女の目に宿っていた切ない感情は、思い出だけではなかったのだ。

「過去を愛でるのは構わない。だが深く囚われているならそれは呪いだ。あるいは、心の飢え……新しい菜譜がそれを解いてくれるかもしれない」

月楽の声は真剣で、いつものツンツンした態度はどこにもない。素直に、火門さんと関平くんのことを考えているのだとわかる。

過去の呪いと心の飢え、か。俺には二人の気持ちがよくわかる気がした。

「俺もこの店に来るまでは、二人と同じだったかもしれない。結局は祖母ちゃんのことが心の根っこに残っていたから、料理や能力に対して臆病になっていたわけだし」

祖母ちゃんの最期を思い出すといまでも悲しい。痩せ細った身体で、お腹を空かせたまま逝かせてしまった。俺は特別な能力を持っていたのに、大事な人を、大事な時に助けることができなかった。悔しくて、悔しくて、料理で人を喜ばせることから背を向けた。

「でも俺は桃源郷飯店に来て変わることができた。過去や能力の呪いが解けて、料理を作る喜び、そして誰かに食べてもらえる喜びも思い出したんだ」

海風に吹かれつつ、俺は自分の両手を眺めた。

「山下公やみんなの笑顔、美味しいという言葉を聞いて、俺は考えたんだよ。身体と心の空腹を感じ取れる俺の能力は、料理でみんなの腹ペコを満たし、心まで喜ばせるためにあるんじゃないかって」

「サトシ……」

目を細めた月楽に、俺は力強く頷いた。

「新しい菜譜、一緒に作ろう。俺はまだまだ未熟で恐縮だけどさ、火門さんも関平くんも納得して、心もお腹も満たされるようないいメニューを考えるから、月楽も協力してほしい」

「もちろんだ。こちらこそよろしく頼む」

月楽が輝くような笑顔で頷く。思わず見とれそうになって慌てて理性を呼び戻した。

「月楽、お店のことだといつも真剣だし素直だね」

「失礼な、私はいつでも素直だ！　……だが正直なところ、罪滅ぼし、あるいは、遅れた恩返しという気持ちはある」

ベンチに深く背を預け、月楽は遠い眼差しをした。

「十八年前、私と福福はこの公園で倒れていた。血と泥で汚れ、大怪我をして、もうそのまま死んでもいいと思ったほどだった。灶君と木村店長ははそんな状態の私と福福を店に連れて行き、新しい服と住まいを与えてくれた。特に木村店長は何も聞かず、しばらくそっとしておいてくれたのだ」

ただ、と言って彼はうつむいた。

「私は、あまり店長に応えることができなかった。拾われたのはいいが、二〇〇〇年ぶりの人との暮らしになかなか迎合できず、ようやく馴染んだと思ったら彼は」

「そうだったんだ」

「遅すぎた、というやつだ」

月楽は自嘲気味に笑う。その笑顔が痛々しくて、俺は苦しい気持ちになった。

「そんな重い話、俺にしていいのか？」

「お前が知りたそうな顔をしているからな」

菫色の眼差しがこちらを見る。その深い色合いにドキッとする。

「どうだ、心を読んでみるか？　いまなら、私の心が……さらなる過去を知ることができるかもしれないぞ？」

月楽の過去。

確かに知りたい。もしかしたら、月楽が食事をしない理由がわかるかもしれない。

彼が言う通り、いまは精神のガードを解いているようだ。腹の音、というか強烈な『飢え』の音も聞こえる。ここで俺が一歩踏み込み、零れ落ちる心や記憶を読み取るのは容易だろう。

でも、それは違う気がする。

少しだけ考えてから、きっぱりと首を振った。

「いまは、いいよ。月楽がきちんと俺に話してくれる気持ちになってから、ちゃんと聞きたい。月楽の大事なことだから、月楽の口から聞きたいんだ」

「先日も言っただろう、私は大罪人かもしれないのだぞ」

「それでも、いまは友達だしさ」

「友達、と呼んでいいのか？　まだ出会って六日なのに」

「絆は時間で計れないって死んだ祖母ちゃんが言ってたし、俺もそう思うよ。それに出会いは『運命』だろ？」

月楽はほんの少し目を見開き、それからゆるゆると息を吐いた。何か言おうとして、迷った末に憮然とした表情になる。

「……この町はお人好しが多い」

「月楽も結構そうだよね？」

にっこり笑った俺の視線を避けるようにして、月楽はツンとそっぽを向いてしまう。友達と言ったら否定されるかと思ったけれど、そんなこともなかった。こうして少しずつ近付いていけば、いつか、あの過去を明らかにして、俺の料理を食べてくれる日が来るかもしれない。それは俺にとって嬉しい未来予想だった。

それで、と月楽が表情を改めてこちらを見た。

「言い出したからには、新しい菜譜について何か構想があるんだろうな？」

「いや、全然。今日のレシピでも十分完成されてる気がするんだよな」

「そこを思いつくのが人間であるお前の役目ではないか」

「まあそうなんだけどさ、そんなにホイホイ賢いアイデアが出る男だったらいまごろもっとモテモテで……」

その声に、海沿いを歩いていた人影が振り返る。淡い茶色いのウェーブヘア、可愛らしい美少女だ。どこかで見たことがある。

俺はあっと声を上げた。

「金華猫のお客さん？」

向こうは驚いたような顔をしたが、すぐに笑顔になってこちらに歩いてきた。今日は猫耳はないけれど首には小さな鈴のチョーカーをつけているし、間違いない。

「あの時の店員さんですね、その節はご迷惑を掛けてすみませんでした」

深々とお辞儀をされ、俺は慌てて首を振った。

「気にしなくていいですよ、お料理が気になったら遠慮なく言ってください。ええと、俺の名前はサトシ、あなたのお名前は」

「鈴猫《すずねこ》と申します。サトシさん、お優しいのですね」

少女はにっこりと笑い、それから俺と月楽を交互に見て慌てた。

「あっ、ごめんなさい、デートでしたか!?　お邪魔しました！」

「い、いや、そうじゃないから！　ただ二人でアイデア出しに来ただけ！　ほら月楽も否定しなよ！」

「どこから見たって逢引きのはずがないから否定をする気も起きない」

慌てて立ち上がった俺に、憮然とする月楽。少女はクスッと噴き出した。

「何だか出会った日の店長さんたちを思い出しますわ」

「店長って、木村店長さん？」

ええ、と頷いて鈴猫さんは懐かしそうに目を細めた。

「私は元々捨て猫でして。拾ってもらったのが、この公園だったんです。ほら、その草むらで、お腹が減ってもうダメかも、という時に、頰に傷のあるおじいさんが拾ってくださって。それが出会いです。……王師仙《ワン》、あなたと、背の高い竈神もいらっしゃいましたね」

「木村店長は地域猫の保護もしていた。私と灶君はその手伝いをしていたまで」

「あの時は本当に嬉しかった。あなたがたは本当にまぶしくて、まさに救いの神に見えました」

「もう四年ほどになるか」

月楽の声もどこか感慨深い。自分たちが拾った猫がここまで大きくなったのだから、月楽なりに嬉しさもあるのだろう。

「鈴猫さんは、そのあとに金華猫になったんですか？」

「そうです。いつも優しくしてくださる木村店長にご恩返しをしたい。何より、人の姿でお話ししてみたいと思って。でも晴れて人の姿になってみれば、木村店長は入院されたあとでした」

「それは辛い……」

俺は呻くように言った。人生にはタイミングというものがある。どんなにがんばっても、そうなってほしくないと願っていても、起きることは起きる。変えられない運命。火門さんが言っていた四十九の天道だ。

鈴猫さんはうつむき、ぎゅっと強く手を握り締めた。

「できれば人の姿でお話ししたかった。店長さんのお料理を食べたかった。でもそれが叶わなかったからこそ、私は約束を、必ず……！」

「鈴猫」

月楽の鋭い声に、彼女はハッとしたように顔を上げた。

「す、すみません、つい」

「いえ、鈴猫さんのお気持ちわかりますよ。いや、ほんとの意味ではわからないと思うけど……死んだ祖母ちゃんのことで、似た思いをしたことがあります」

過ぎていった時間への後悔。いなくなった人への想い。

「でもそうして満たせなかった過去があるからこそ、いまの美味しさや喜びを大事にしたい。そんな話をちょうどしていたところだったんですよ」

そうだ、と俺は彼女に向き直った。

「鈴猫さんにお聞きしたいんですが、もしもいま、うちの店の新作酢豚を食べられるとしたら、どんなものだと思いますか？」

「酢豚、ですか」

「ええ、実は木村店長とまったく同じ酢豚を、とリクエストされて、それは難しいので新作レシピはどうか？　と二人で頭を悩ませていたところなんです」

「まったく同じとなると、確かに難しいですね」

　鈴猫さんは考え込んだ。

「元々の料理を完全に再現できないのなら、逆にかけ離れたものが好ましいかもしれません。新しい未来を示してくれるような」

「新しい未来。そう、そうですよね」

　俺は目を瞬かせた。

「そのお客様は人間ですか？　中華妖であるなら実はよく嚙むことが苦手です。特に私のような元々肉食のケモノだった者は、歯の作りが違うので」

「歯が」

　驚きつつ、急いでスマートフォンのメモ帳を起動する。

「もしかして、歯並びが人間とは違うから……」

「そうですね。口の動かし方、奥歯の使い方、と言えばいいでしょうか。人間の姿になった時、慣れるのが大変でした。いまでも硬いものは苦手です。人間の子供が大人のようには嚙めないのと同じですね。逆にカリカリした食感は好きです。嚙んでいて楽しいので」

子供。そうか。関平くんも神様とはいえ子供だ。俺は慌ててメモを取った。

「これでアドバイスになりましたか？」

「もちろん！　いろいろとありがとうございます！」

よかった、と鈴猫さんは胸を撫で下ろした。

「お二人が力を合わせて考えているなら、ベストなお料理ができると思いますよ。古い時代の人外と、新しい時代の人間、四つの要素を組み合わせられるわけですから」

俺たちは顔を見合わせた。

港に汽笛が響き渡る。鳩たちの群れが飛び立ち、彼女は慌ててスマートフォンを取り出した。

「いけない、私、所用がありまして、ここで失礼させていただきます」

「鈴猫、これを」

一礼した鈴猫さんに月楽が差し出したのは、いくつかの月餅だ。

「後ほど持っていこうと思っていた。我が店の新作だそうだ。受け取れ」

「え、これは？」

「今日、我々に助言してくれたお礼だ」

彼女は両手で受け取り、一瞬、驚いたように目を丸くした。

「……ありがとうございます。では確かに」

急いでバッグに入れてから、それでは、と丁寧に一礼して足早に去っていく。

「それで、何か考えついたか？」

月楽に尋ねられ、まあね、と答えて俺は笑う。

「何となく。だけど詳しい話は火門さんとも相談したいから」

やわらかさと歯ごたえ、新しい組み合わせ。俺は勢いよくベンチから立ち上がった。


その日の閉店直後から、俺たちは新酢豚作りを開始した。

何しろ期限は翌日のディナーまで、丸一日もない。夜遅くまでいろいろ試作して、福福や刑天に味見してもらって。倉庫で仮眠を取ってから朝の仕込みをして、ランチ後にまた試作。

ようやく満足のいく料理が出できたのは、もう昼も遅い時間だった。そこから符食術で時短して本仕込みを終えて、何とか滑り込みで予約時間に間に合わせた。本当にギリギリだった。

夕暮れ。中華街に人が溢れ、明かりが灯るころ。

「失礼いたします」

白い漢服を身につけた月楽が、特別個室のドアを開ける。

恭しくお辞儀し、中に入るのを見て、ワゴンを押す俺も緊張しながら続いた。

桃源郷飯店の二階は厨房の奥に個室が二つ、用意されている。

一つはこの間、山下公が使った部屋。そしてこちらは、さらに特別なお客様と祝席のための部屋だという。

初めて足を踏み入れた俺は、思わず息を呑んだ。

赤と黒を基調とした部屋は広々として、調度品も高級そうなものばかり。黒い中華風のキャビネットや円卓はピカピカに磨き上げられており、上品な花瓶や彫刻がそこかしこに置かれている。桃源郷飯店はフロアも豪華だが、この部屋は桁違いだ。

「関平くん、周倉将軍、酢豚が来たわよ！　まずはこのスープの残りをよそっちゃいましょうか」

　大きな黒円卓の上にはすでに前菜やスープが置かれ、火門さんがウキウキとそれを取り分けていく。平日の夜、まだお客さんも少ないからと、厨房を抜けた火門さんがさきほどから二人をもてなしていた。

　逆側に座っているのはどう見ても人間風の、いかにもモテそうなスポーツマン系の青年だ。日に焼けた顔は垂れ目ながら整っていて、大学のテニス部に所属していそうな印象を受ける。

「やあ、ありがとう店員さん！　ほら、公子のお好きな酢豚が来ましたよ」

　彼が声を掛けたのは火門さんの横にちょこんと座った小さな影。

　背恰好からすると小学校低学年くらいだろうか。もの凄く品がよく、ただならぬオーラを感じる。さすがは神様。

　少年、改め関平くんは、しかし銀色のクローシュが被さった皿の載ったワゴンを見て眉をつり上げた。

「それ……注文通り作っていただけたのでしょうか」

「ご注文通り、人間店員のサトシくんが作ってくれたわ」

「木村店長と同じ味に？」

「それはアナタが確かめるしかないわね」

テーブルの上には前菜やスープの大皿が置かれているが、よく見るとどれも手を付けられていない。だが関平くんのお腹からは空腹の音が響いている。

すみませんね、ちょっと見させてもらいますよ、と胸の中で謝ってから、俺は少年神の心を覗いてみた。

――木村店長の酢豚が一番だ。同じ人間だからってあの味が再現できるはずがない。

――でも、もしかしたら……。

月楽が小さく一礼した。

「まずはこちらの料理をご覧いただきたい。賞味されるかどうかはそれからお決めになっても」

月楽の目配せで、俺は料理の上のクローシュを開けた。

中から現れたのは、二枚一組になった不思議な形の皿。

どちらも白い皿だが、勾玉みたいな形を二枚逆向きに組み合わせて大きな円を作っている。陰陽五行や道教などの考えで万物の生成消滅を表すといわれる形で、太陰太極図というそうだ。

右側にはリンゴと野菜入りの酢豚を載せている。みんなにいくつも味見してもらったけれど、やはり安定のいまの店のものだ。

そして左側には新たに考案した酢豚を盛り付けた。

テーブルに置いたところで光る紋様が浮かび上がる。関平くんを気遣ったものにするとさっき月楽が言っていた通り、今日の符食術は『穏やかさ』と『健康』。

だが関平くんは首を傾げた。

「どうして二皿あるんですか？」

「どちらも酢豚ですが、バリエーション違いで二皿、作っております」

月楽が最初の皿、続いてもう一皿を取り分ける。火門さんたちも身を乗り出した。

「この左の見慣れない方は黒酢豚かしら。ビーフシチューっぽい感じもするわね」

火門さんが気遣うように関平くんを見る。だが彼の表情は相変わらず硬かった。

さあ、受け入れてくれるかどうか。

まずは周倉将軍が箸を取り上げる。

「右側は、いまの桃源郷飯店の酢豚だよね。どれ……うん、甘くて、酸っぱくて、揚げタマネギはさくっと、リンゴがシャキッとして、いつも通り美味しい！」

関平くんも一口、右の酢豚を口に運んだ。うん、と軽く頷くが、大きな反応はない。

その隣で、あらっ、と火門さんが声を上げる。

「これ、新しい方のやつ、凄いわね！　何これ！」

その様子に興味を引かれたのだろう。周倉将軍も関平くんも、左側の皿に視線を移した。

「四角い塊肉がいくつか、確かにビーフシチューに似ている。この肉は……あっ、やわらかい」

周倉将軍が箸で肉を押すと、ほろりと割れて広がる。その断面からジュワッと肉汁が零れだした。

「やわらかいし、あじわいも深くて……どんな調理法なんだ!?　これは箸が止まらないね！」

言いながら凄い勢いで食べていく。それを見ながら火門さんはこちらにウィンクし、上品な仕草で酢豚を口に運んだ。

「美味しいー！　いやーん、たまには人にディナー作ってもらうのもいいわね！」

二人に挟まれた関平くんもさすがに気になり始めたようだ。

「でも、少し焦げているんじゃありませんか？　木村店長の酢豚はこんな色をしていなかったような」

眉を顰めた関平くんに、それは、と思わず俺は口を出した。

「黒酢、それに黒砂糖を煮詰めているのでその色になっています。決して焦げや失敗ではありません」

「そうそう、だから匂いも甘くてコクがあるでしょ？」

ウキウキの火門さんにつられたように、関平くんもようやく箸を伸ばし、小さく切ってから口に運んだ。

「……やわらかい！」

――やわらかく甘くて、いままでに食べたことのない味だ！　美味しい！

心の声がみるみる大きくなる。やった、成功だ。

その隣では周倉将軍がモリモリと黒酢豚を平らげていく。

「いやあ店員さん、ほんとに美味しいですね！　どうやって作ってるんですか？」

「大きめに切った豚肉をよく煮込み、形を整えてから衣をつけて揚げ、黒酢のタレに絡めてあります。一緒に入っているのはサツマイモとレンコン。添えてあるのはスライスリンゴの素揚げです」

「へえ、リンゴの素揚げ」

俺達の会話に誘われたのか、関平くんが興味深そうにリンゴを取り上げた。

「お肉やリンゴをそちらの花巻に挟んで食べても面白いですよ」

新しい組み合わせを試してもらおうと、酢豚の皿の隣には真っ白な中華蒸しパン、花巻を用意した。切り込みを入れてあり、肉や野菜を挟んで食べると美味しいのだ。

「そう聞いたら食べないとな！　これをこうして、さあ公子、召し上がれ」

周倉将軍は手早く酢豚バーガーを作り、関平くんに差し出した。待ちきれない様子で関平くんはそれを食べ始める。サクサク、モグモグ、咀嚼音まで美味しそうだ。

散々味見をしたはずなのに俺まで食べたくなってしまう。

そのまま食べ進めてくれるのかと思いきや……関平くんはハッとしたようにバーガーを下ろした。

「ち、違います。僕はこんな酢豚を食べに来たわけじゃない！」

火門さん、それに月楽もこちらを見る。うん、と俺は頷いた。

「まったく新しいメニューを考案してお出ししました。その点はすみません」

「木村店長と同じ味をオーダーしたはずなのに、どうしてこんな料理を！」

「まったく同じ味は作れません。俺は木村店長じゃない。別の人間だから」

関平くんが目を丸くするのを見て、俺は小さく息をついた。

「人外の方が食べる際には、作る人間の霊力まで味になると聞いています。それなら他の誰が作っても木村店長の味にはなりません。唯一無二なんです」

だから、と俺は真剣に彼を、そして火門さんを見た。

「木村店長の味は記憶にとどめて、新しい味も楽しんでいただきたい。発見してもらいたい。そう思って、これをお出ししました。歯ごたえも、あじわいも、関平公子のことを考えて作った新メニューです」

「僕のことを……？」

「お身体は子供だとお聞きしたので、噛みやすいやわらかい肉を、甘めの味付けにしています。リンゴの素揚げのサクサク感も、弟たちが小学生のころに好きだったので加えてみました」

関平くんは驚いたように皿の上を見直した。

「新しく、僕のために」

「できれば美味しいものを、楽しく召し上がっていただきたいですからね！」

ドキドキしながらもちゃんと説明することができた。俺はホッと息をつく。

「俺たち人間は確かに妖や神様、仙人と比べたら寿命が短いかもしれません。大好きだった人、その味はどうぞ覚えておいてください。でも、新しい味も探してほしいんです。だってその方が楽しいから！」

そうよねえ、と火門さんがしみじみと頷く。

「特に、この町は新しい物がたくさん入ってくるものね」

「今回の味が気に入らなかったら言ってください。またいらっしゃるまでに新しい味を考えておきます。俺、新しいレシピとか考えるの好きなので」

関平くんは黙って皿を見つめていた。

やがてため息をついたのは、隣の周倉将軍だった。

「……もういいんじゃありませんか、公子」

その言葉に関平くんはゆるゆると顔を上げ、小さく微笑んだ。

「そうですね。数十年前の木村店長とまったく同じことを言われては、反論もない」

「えっ」

俺だけでなく、火門さん、月楽も驚いた顔で関平くんたちを見た。

ふっと関平くんが遠い目をする。

「こんな姿で顕現したからでしょうか、僕は甘い料理、特に酢豚が大好物で。当時、その前の代の酢豚の味を求めてこの店に来ましたが、店長は替わり、若い見知らぬ男になっていた。もちろん酢豚の味も違うし、具まで違っていた。そこでケンカになって……まだ若かった木村店長が言ったのです。――古い味はそのまま覚えておけばいい、今日からは俺の味を覚えてくれ、ってね」

「キムさんたら、そんなこと言ってたのね！」

心底驚いた様子の火門さんとは対照的に、周倉将軍は声をあげて笑った。

「面白い人でしたからね、木村店長は」

関平くんは笑いを収め、ナプキンで唇を拭いた。子供の顔にやけに大人びた表情が浮かぶ。

「五〇年なんて短いと思ってたけど、案外長かったんですね。もう木村店長の料理を食べることはないけれど、この五〇年で得られた味と思い出は、永遠に忘れることはないでしょう」

神や人外にとっては、人の一生はあっという間で、夢を見るような、いや、それこそ一皿の料理を食べるような短い間に、親しい相手がいなくなってしまう。

でもそれでも、共に楽しんだあじわいが永遠に残るのなら、一瞬の食卓にだって意味があるのだ。

再びふうっと息を吐いて、関平くんは俺の方を見た。

「ありがとうございました、店員さん。おかげで忘れかけていた大事なことを思い出せました」

「こちらこそ、美味しく召し上がってくださってありがとうございました」

　ふふふ、と関平くんがいたずらっぽく笑う。

「そういうところは全然違いますね。木村店長なら『そうだろうそうだろう！　まあ俺のメシが一番だからな！』って言ったでしょうね」

　なるほど、そういう人だったんだ。また一つ、俺の中で木村店長を形作るジグソーパズルがハマッた気がした。

　関平くんは大きく息を吐き出すと、リラックスした表情でこちらを見た。

「そちらの店員さん……いえ、そんな呼び方は失礼ですね。あなたのお名前は？」

「お、俺ですか？　サトシって言います」

　サトシさん、と関平くんは目を細める。

「今日は新しい料理を作ってくれてありがとう。また、よろしくお願いします」

　丁寧にお辞儀をされて俺の方が慌ててしまう。

「こちらこそ、食べてくださってありがとうございました！」

　俺は満足感を覚えつつ、深々と頭を下げた。

「灶君、王師仙、それにサトシくん。君たちのお陰で最高のディナーになったよ！　本当にありがとう！」

店から出た周倉将軍は、白い歯をきらめかせて笑った。

楽しい会が終わったのは二十二時過ぎ。あたりはすっかり暗く冷え込んでいるが、周倉将軍と俺たちの周囲は温かい雰囲気のままだった。

「うちのおもてなしで喜んでいただけて嬉しいわ……って、今日はアタシは何もしてないけど！　これ、食べられなかったデザート。起きたら食べさせてあげてね」

「おや、ライチゼリーですか？　口の中がさっぱりしてよさそうですね」

火門さんが渡した小さな紙袋を片手で受け取り、将軍はもう一度、ありがとう、と微笑んだ。

「まさか関平くんが途中で寝ちゃうとはね」

「少し長居をしすぎましたな」

そう言って周倉将軍は左腕の中に抱えた関平くんを眺める。片手で小学生を抱きかかえるなんてとんだマッチョだけれど、スポーツマンの逸話を持つ彼にはこれでも軽いのかもしれない。

あのあと、俺たちはすっかり打ち解けて、関平くんを中心に楽しく会話をしていた。

らしい。

関平くんは素性を隠して小学校にも通っている話をしてくれた。生き物係をしている

だがデザートに移る前に彼はウトウトしはじめ、気付くと周倉将軍の肩にもたれて寝入っていた。身体が小学生のため、肉体活動もその年齢に引きずられるのだという。

「どうして関平くんは小学生なんですか？　亡くなった時はもう大人だったと思うんですが」

俺の質問に周倉将軍は少しだけ悲しげな顔をする。

「おそらくですが……公子は関帝の養子とされています。が、子供時代を共に過ごした記録も記憶もない。ですから、平和なこの国では少しだけ、お父君と共に子供時代を過ごしてみたかったのかもしれません」

「ああ、そういうことだったんですね」

頷く俺に周倉将軍が向き直った。

「サトシさん、今日はとても楽しかった。また公子と、そして関公がご在廟の際には共に伺わせていただきますね。入院中の木村店長にもよろしくお伝えください」

軽く会釈をして、では、と路地を去っていく。背筋のピンと伸びたその姿が見えなくなるまで、俺たちは彼を見送った。

俺の肩を、ポン、と火門さんが叩いた。

「お疲れ様！　本当にありがとうね」

「いえいえ、こちらこそ。お役に立ててよかったです！」

「お役に立てた、どころじゃないわ。アタシもいろいろと考えさせられたわね」

彼女の目は静かに夜の向こうを見つめている。

「このところ忙しくて、心が疲れていたのかも。殭屍事件の期限も迫ってくるし。でも今日はとても楽しかった……」

火門さんは大きく息をついた。肩の力は抜け、でも表情にはわずかな曇りがまだ残っている。

俺は意を決して口を開いた。

「俺、木村店長に会いに行ってみようと思います」

二人がそれぞれの表情で俺を見た。俺は笑顔で二人に応える。

「ここにはいない木村店長から凄くいろいろなものをもらってると思うんです。たとえ意識がなかったとしても、せめて一言、お礼が言いたい。前にもらった肉まんのことも」

「サトシくん……」

「それに、意識も言葉もなくても、俺の能力があれば何か『読む』ことができるかもしれない」

だが火門さんは複雑な表情で考え込んだあと、首を振った。

「残念ながら、それはできないのよ」

できないって……どういうこと？

さすがの俺もおかしさに気付いた。ちょっと動揺しながらも月楽を見ると、こちらも重い表情をしている。

キムさんはね、と火門さんが重い口を開く。

「亡くなったのよ。……一週間前に」

「えっ!? しかも一週間前って、それは！」

二人は答えない。

嘘でしょ。心臓がドキドキして、ぞわりと背筋が冷たくなる。

俺が最初に巻き込まれたキョンシー事件。新しいバイトとして俺を雇ってまで、捜査に積極的に参加していた二人。そして木村店長に対して、やけに感傷的だった火門さん……。

黙っててごめんなさいね、と言って火門さんはまっすぐに俺を見た。

「キムさんは亡くなったの。でも、遺体は行方不明で」

「ま、まさか、最後のキョンシーって」

「その確認をするために追跡しているんだけどね」

ふうっと息を吐いてから、火門さんは顔を上げて意味ありげに月楽をじっと見据えた。

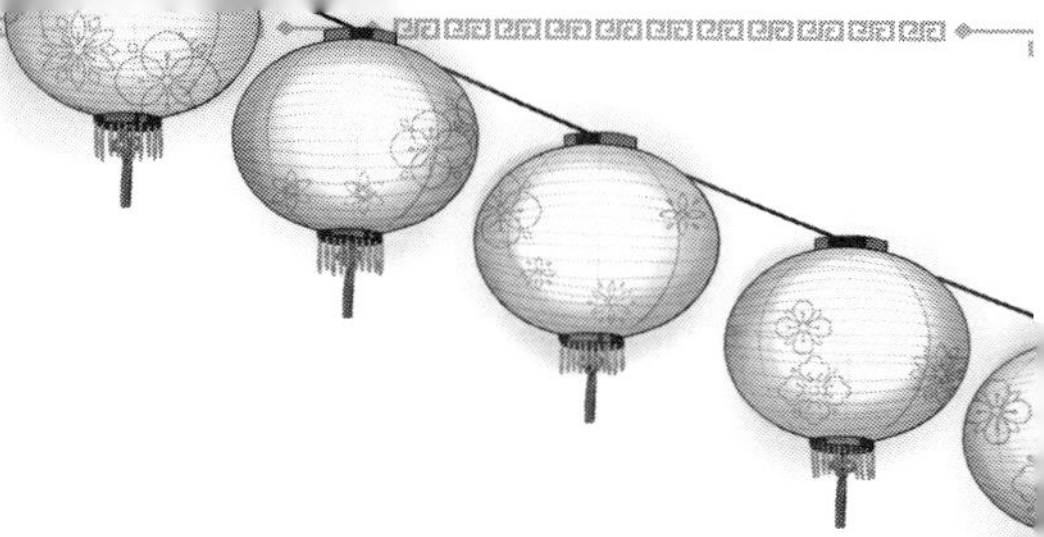

第四餐
さよならは幻の霧笛と共に。
桃源郷飯店フルコース

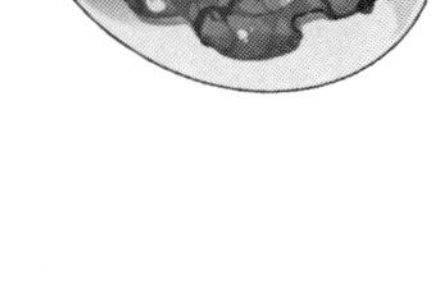

「月楽《ユエル》。木村店長のスマホ、いまどこにある？」

ひっそりと立つ月楽と対峙するように、火門さんはその前に仁王立ちになった。彼を見下ろす顔はいつもと違った険しい表情を浮かべている。

俺は驚いて二人を交互に見た。

「す、スマホ⁉　ちょ、ちょっと待ってください、スマホは俺が借りて……」

「かばわなくていいわよ、サトシくん。ＧＰＳって言えばわかるわよね。機械にうとい月楽は知らないだろうけど」

火門さんが自分のスマホを取り出して見せる。

「いま、店長のスマホがどこにあるか、アタシには正確にわかる。少なくともサトシくんは持っていない。月楽、あれをどうしたの？」

月楽は黙っていたが、やがて静かに顔を上げた。

「私がサトシから預かり、いまは持っていない」

月楽はまっすぐに火門さんを見た。その顔は無表情なのに、少しだけ苦しげに見える。そんな月楽は初めてだった。

「じゃあ、どこ？　……まあ答えられないわよね。ほら、キムさんってフラフラ出かけていくことも多かったでしょ？　だから捕まえるためにＧＰＳをセットしておいたってわけ」

　おかしいと思ったのよ、と火門さんは強い眼差しで月楽をにらんだ。

「昨夜たまたまスマホを弄っていたら、店長のスマホから発信があってね。ＧＰＳで確認したら中華街よりもずっと西、中村川《なかむら》のあたりじゃない。サトシくんかと思ったけど、店を出たばかりだったし。それで山下公の部下に見に行かせたら、橋の下に異空間があって、その狭間に何かが隠してあると」

「異空間の、狭間？」

「橋の下っていうのは異界に繋げやすいのよ。そこに空間を作る仙術もある」

　火門さんが荒い息をつく。

「殭屍《キョンシー》なんていう目立つ中華妖がいつまでも見つからないなんて、誰か手助けする者がいるんじゃないかとは思っていたわ。その者が知識と力を持っていたなら、一週間程度隠しておくことは十分に可能だし」

　俺はごくりと唾を飲み込んだ。

　バイト四日目の午後、そして路地裏で彼が放った言葉。

　――大罪人かもしれないのだから。

「月楽、まさか、店長を……殭屍に」

月楽は口を閉じたまま。火門さんが代わりのように深く深く息を吐き出し、月楽に再び強い眼差しを向けた。

「アナタはこの店と木村店長に恩がある。しかも堕とされたとはいえ一度は神仙界に迎えられた高貴の身。それがどうしてこんな罪に手を染めたの!?」

俺は火門さんと月楽を交互に見た。

「月楽、ほんとなのか？　ほんとに店長を？」

「本当だ」

彼はきっぱりと顔を上げた。

「だが理由はまだ、言うことができない」

「まだ!?　アナタ何を隠しているわけ？　このままではすべてアナタの罪になるのよ、こうして場所も特定されて……ってえっ!?」

スマホを見て驚いた顔になったのは火門さんの方だった。

「嘘でしょ？　こっちに近付いてる!?　え、やだ！」

俺も覗き込んだが、確かに、アプリの中で現在地を示す赤い点が急速にこちらへ近付いてきていた。

火門さんは慌てて顔を上げ、路地の向こうを見た。

薄暗い明かりの下、路地の入り口から叫び声が聞こえた。猫の鳴き声のような。

同時に、細い人影とバッグが投げ出されるように空を飛んできた。

「鈴猫!?」

受け止めたのは月楽だ。その腕の中で顔を上げたのは、やはり鈴猫さんだった。

「もうし、わけ、ありません……力不足で……もう、制御が利かず……」

鈴猫さんの身体が縮んでするすると猫に変わる。丸っこい耳と鈴のついた首輪。本当に金華猫なんだ。

それにしてもどうして彼女が、こんな。

そこへ空腹の音と、鋭い叫び声が聞こえてきた。

——ハラヘッタ、ハラヘッタ、ハラヘッタ！

「きょ、キョンシー!?」

間違いない、田中さんと最初に出会った時と同じ、強烈に飢えた叫び声だった。

闇の向こうから人影が現れる。

ぴょん、ぴょんと、飛ぶような、浮かぶような影。

俺は目を凝らし……思わず叫びそうになった。

緑色の肌。前に突き出した手。不自然に斜めになった首。

おまけに。

「あれ、あれって……！」

オールバックに撫でつけた髪と、人の好さそうな顔立ち。右頬の大きな傷。

けれどそれは確かに白目をむいた緑色のキョンシーで。

「……木村店長……」

月楽が唸るように言った。

愕然とする俺たちの前にキョンシーが跳ねてくる。

痩せた顔立ちと、頬の傷。記憶よりも腕が細いのはおそらく闘病していたからか。

木村店長が瞳のない目を見開いた。

月楽が身構える。

「灶君、詳しい話はあとでする。まずは店長の確保と周囲の安全を！」

「わかったわ……火炎絶断陣！」

火門さんが唐突に手の中に赤い炎の渦を浮かべると、瞬く間にそれは通路の両側に広がった。

「燃えてない……？」

「炎陣でこの空間を切り取ったわ。霊的な炎だから、こちらの世界の物は燃えないのよ」

炎の輝きの中、浮かび上がる店長はさらに人外めいて見える。音にならない呻き声を上げて彼は周囲を見回し、俺に目を据えた。

――ハラヘッタ、ハラヘッタ……ニンゲン、ニンゲンを……！

そのまま飛び掛かってくる。

「うわっ」

ぞっとしながら俺は慌てて後ろに飛び退く。そうか、田中さんの時もそうだった。キョンシーは人間を食らうんだ。

そんな俺をかばうように、月楽が店長の前に立ち塞がった。ガッ、と音がして店長が月楽の金餐杓に噛みつく。

「サトシ、人間は陣の外へ出られる！　早く店の中へ入れ！」

「で、でも！」

店長が腕を一振りし、その爪先が月楽の袖を切り裂いた。わずかに血が舞う。

「月楽っ」

「おまえは、早く！」

苦しげな声で月楽は店長を押し返す。どうして苦戦しているんだろう。この前はすぐに決着がついたのに。

「そうか、食べ物がないんだ！」

あの時の月楽は桃饅を持っていた。確かその表面に符食術を描いて、田中さんに食べさせていたっけ。

「ええっと、何かどこかに……！」

「サトシくん何してるの、早くあなたは店の中に！」

火門さんが言うがそれどころではない。

「火門さん、何か食べ物を持ってませんか、月楽に渡して！」

「サトシさん、これを！」

声を上げたのは鈴猫さんだ。猫の耳はあるけれど人の姿に戻っている。

差し出した月餅は昨日の昼間、月楽が渡したやつだった。

「もらうよ、ありがとう！　……月楽これ！」

受け取った手でセロハンを剝ぎ取り、そのまま月楽の方へ投げつけた、が。

ちょうど、店長がクワッと口を開けた。

投げた月餅がその中にスポンと収まる。

「おおっ、ミラクル！」

月楽も一瞬呆気にとられたが、すぐに金餐杓を構える。

「桃仙符呪霊食術——月餅縛縄陣！」

店長のくわえた月餅に紋様が描き込まれ、浮かび上がった。

月餅に噛みついていた店長の身体がびくんと震え、抵抗をやめる。そのまま手を前に突き出し、キョンシーポーズのまま固定された。この間と一緒だ。

「はあ、助かったあ……」

「本当に、もう！」

大きな息を吐いたのは火門さんも同様だった。それが合図だったみたいに、炎がゆっくりと消えていく。周囲はすぐにさっきと同じ静けさを取り戻した。

俺はすぐさま月楽に駆け寄った。

「大丈夫？　怪我したよな」

「気にするな、大した怪我ではない」

だがざっくりと切り裂かれた彼の腕からは赤い血が滴っていた。うわ、と俺は声を上げる。

「嘘つくなよ！　ったく、待ってろ」

エプロンから取り出したハンカチを巻いてやる。振りほどこうとした腕を押さえて俺は最後まできちんと縛った。

「大げさだろう、このくらい」

「月楽だって、俺にやってくれただろ？　おあいこだ」

彼は軽く目を見開き、息を吐き出した。

「……ありがとう」

ちょっとだけ肩の力が抜けたのがわかる。まったく、素直じゃない。

「キムさん、お久しぶりね……本当に」

火門さんは店長に近付き、しみじみと、優しい手つきでその頬を撫でた。だが緑の肌をした老人は微動だにせず、声も上げない。本当の死人のようだ。

火門さんはゆっくりと顔を上げて月楽を見た。静かな炎が瞳に燃えている。

「月楽……どうしてあなたがこんな……」

「わ、王《ワン》師仙のせいではありません！」

声を上げたのは鈴猫さんだ。よろよろと身を起こし、頭を下げる。

「本当に、今回のことは私が発端なのです、私が……」

「お前だけのせいではない。私も同罪だ」

月楽が彼女の前に立つ。

割り込むように聞こえてきたのは、店長の心の声。

――お、れ……おれが……頼んだ……こと……。

「あれっ、店長さんは『俺が頼んだ』って言ってるけど」

火門さんが俺と月楽、鈴猫さんを順番に見て眉を顰めた。

「どういうこと？　詳しく説明してもらわないと……」

そこへ店の中からどやどやと騒ぎ声が聞こえてくる。

出てきたのは刑天と福福だった。あ、と思うまもなく二人はキョンシー店長を見て目を丸くした。

「って、うわーッ、何!?　何なの!?　キョンシー見つかったの!?」

「ご、ご主人サマ、怪我!?　いったい何が!?」

大騒ぎする刑天たちの口を慌てて塞ぎ、俺はため息をつく。

「と、とりあえず中に入りませんか……寒いし……」

「まあ、そうね……」

力なく頷いた火門さんが、思い出したように微笑を浮かべて店長を見た。

「おかえりなさい」

木村店長も少しだけ、笑ったように見えた。

「まず最初に謝罪させてください。今回の騒ぎの発端は私なのです。誠に申し訳ありません」

鈴猫さんが深く頭を下げる。

厨房の作業台をぐるりと取り囲むように座った俺たちは、一様に頷いた。

作業台にはお茶と月餅が置かれている。いつもなら夕餉いの時間だが、今日は緊急事態だ。

厨房の奥には店長も静かに座っていた。あの時の田中さんと同様、自分で動くことはないようだ。おそらく符食術が効いているのだろう。

「っていうか、俺たちまだ何が何やらわからないんだけど」

刑天が周囲を見回しながら言う。

「キョンシーの最後の一人ってキムさんだったの？　マジで？」

まだ驚きが収まらない様子の刑天たちに、火門さんが小さくため息をついた。

「これに関してはアタシが悪いわ。みんなを動揺させないために、月楽にも山下公にも、キムさんが亡くなったことは黙っていてもらったのよ」

　ふうっと疲れたように息を吐く。

「本当に急だったの。病院から連絡が来たのが営業中で、ちょうど月楽と話していた時だったわ。急にみんなに伝えたら動揺するだろうし、まずは遺体を安置して、段取りを決めてから言おうと思っていたのよ」

「灶君だけではない、私にも黙っていた非はある」

　同じように一礼する二人を見て刑天は目をぱちくりさせた。

「いや二人の判断ならいいんだけどさ……しかし何で店長がキョンシーに？」

「それに関しては、私が」

　凜とした声で応じたのは鈴猫さんだった。

「私が木村店長さんに拾われたのは四年前。瀕死の底から救っていただいて、その後も大変よくしていただいて。店長さんへの憧れは膨らみ、いつかご恩を返したい、できるならお話をして、店長さんの料理も食べてみたいと思うようになったのです」

　そこから鈴猫さんは丁寧に、長い話をした。

　人になりたい、と思っていた自分に、町の老猫が『金華猫』を教えてくれたこと。がんばって月光を浴び続け、だんだんと猫から妖になったこと。人間の言葉をいろいろとを理解するようになり、そして店長が病気を抱えているのがわかったこと。

「店長自身も、自分の具合の悪さにお気付きだったようです。時折胸を押さえて苦しそうになさっていました。そして私が完全に金華猫になる半年ほど前、笑いながら言われたのです。『俺には終わってねえことがある……死んでも生き返るような方法はないもんかねえ』と」

彼女はたまらないような表情を浮かべる。その心から情景と言葉が溢れ出した。

——夕暮れの路地裏。たくさんの猫たち。

——その中の一匹を撫でる木村店長。

——『俺には終わってねえことがある……死んでも生き返るような方法はないもんかねえ』

——首輪に鈴を付けたその猫は、必死に鳴いて答えた。

——ええ、私が、私がそうしますから！

——木村店長もその声に気付いて、にっこりと笑って……。

——『お前、返事してくれんのか？　はは、ありがてえ。じゃあお願いするかな。もしもの時は、頼んだぜ！』

「その願いを、あなたは叶えたってわけね」

「はい」

強く答えた鈴猫さんの言葉に迷いはない。

「それからひと月もしないうちに木村店長は倒れ、入院されました。私が金華猫になるのは間に合いませんでした。でも……毎日のように入院先に通いました。店長の命の灯火が消えるまで、ずっとそばにいたかった。私の小さな命に寄り添ってくださったように」

彼女は涙を拭う。その気持ちが痛いほど伝わってきた。愛おしさ、悲しみ、それでも何かしてあげたいという前向きな思い。

「金華猫っていろいろなことがわかっちゃうんだなあ」

「世界中の猫は多かれ少なかれ生死に関する能力を持っている。日本やアジアでは遺体を盗むとか生き返らせるとか、西洋では黒猫が死を招くと長く信じられてきた。実際は、死を招く、というよりも予知するのだが」

月楽の言葉に、その通りです、と鈴猫さんも同意する。

「私たち金華猫特有の能力としては、死を予知すること、人に化けること、姿を透過させること、そして、跨いだ死体を殭屍にすること」

「跨いだだけで!?」

俺はびっくりしてお茶を取り落としそうになったが、鈴猫さんは平然と頷く。

「はい。それだけ、です」

「中華妖って凄いね……」

「でも、その能力を悪用してはいけないのですよね。わかってはいたのですが」

彼女はぎゅっと両手を握りしめた。

「一週間前のあの夜、私は入院先で店長が亡くなったのを知りました。悲しかったけれど、泣いている暇はありませんでした。遺体を運ぶ車についていくとそこは葬儀社で、店長は何か機械に入れられるところでした」

「機械？」

刑天の疑問に俺は、ああ、と声を上げた。

「斎場とか葬場には遺体を保管するための冷蔵庫があるんだ。たぶんそれだよ」

はい、と答えた鈴猫さんは申し訳なさそうな顔になった。

「そこで誤算があって……私は人がいなくなったところで遺体を入れた機械の上を跨いだのですが、その機械には他にも二人の遺体が保管されていたようで」

「なるほど、それで関係ない二人も殭屍になっちゃったってわけね！　そういうことだったのねえ」

火門さんが納得したように頷いた。そういや田中さんも亡くなったばかりだって言ってたな。

「どうにか店長を連れて外に出たのですが、お恥ずかしながら私はまだ未熟で、殭屍となった店長を上手く制御できず。そこへいらっしゃったのが王師仙でした」

「私が別件で店を上がれなかったから、月楽に先に見に行ってもらったのよ……どうしてそこで止めなかったの？」

問いただす火門さんに、月楽は首を振った。

「鈴猫と話をして、それが木村店長が望まれたことだと知ったからだ。私が止めることではない」

「でも陰界官庁の法規《ルール》違反だってわかってたのよね？」

「彼は私を救ってくれた。その恩義を返したまで」

言い切った月楽の表情に迷いはない。

そうだよな。彼はいつだってそうだ。ツンツンだし素っ気ないけれど、心の底はまっすぐで、ひどく優しい。

「そんなことをしたらあなたの立場だって危うくなるのよ？　子供じゃないんだからわかっているでしょうに」

「その立場を作ってくれたのは木村店長だ。彼がいなかったらなかったも同然。彼の願いを叶えるためには、私の立場など惜しくない」

「んもう、頑固仙人！　キムさんのためってのはわかるけど！」

言葉とは裏腹に火門さんはそこまで非難する口調ではなかった。同情、同意、さまざまな感情がにじむ。もしかしたら火門さんも同じ立場なら同じことを考えるかもしれない。

それでも賛成するわけにはいかないのは、彼女がこの町の神だからだろう。

月楽は……もしかしたらそんな彼女の気持ちもわかっていて独断で決めたのかもしれない。彼女の分まで背負うつもりで。

「その後はどうしたの？　この一週間、どこを捜しても店長が見つからなかったのは？」

「中村川と堀割《ほりわり》川の合流地点に、王師仙が隠し空間を作ってくださいました。霊的空間というのでしょうか。でも時間経過と共に徐々に店長を正気でいさせることができなくなってしまって、ついに今夜、外に飛び出してしまったんです」

「殭屍の制御には技術と経験が必要だもの。そっか、それで抑えが利かなくて、何とかこっちに来させたって感じね」

「はい。ご迷惑をお掛けしました」

火門さんの言葉に鈴猫さんは申し訳なさそうに一礼した。

そうねえ、と言って火門さんはそのまま月楽をにらみ付ける。

「あなた、空間陣まで使ったら確信犯よ？　警察に対しても陰界官庁に対しても申し開きはできないわ、わかってる？」

「弁解するつもりはない」

ツン、とそっぽを向く姿はいつも通りだ。これには火門さんも困ったように深いため息をつくしかない。

「そもそも、そこまでしてやりたかった望みって何だったわけ？　キムさん？」

火門さんがキョンシーの店長に問いかけると、わずかに顔が動いた。

――れ、し、ぴ。

「えっ、菜譜《レシピ》……!?」

俺が言うと、あ、と鈴猫さんが慌ててバッグからノートを取り出す。さっき転がったバッグは傷だらけだが、中身は無事だったようだ。

まだ真新しいノートの表紙には、大きな文字で『桃源郷飯店菜譜帳　其の四』とある。三冊目と同じ豪快な文字だ。

「こ、これは幻の四冊目！」

俺と火門さん、それに固唾を呑んで見守っていた刑天たちも一斉にノートを覗き込んだ。

「店長はこの四冊目の菜譜帳を残したかったのです。けれど殭屍になってしまうと、日々、これまでのことを忘れてしまう。私もお手伝いして書き進めましたが、虫食いのようにわからない部分が出てきて。だから王師仙と相談し、スマートフォンのメモを頼りにそこを埋めていったのです」

「やっぱりスマホの中に菜譜があったのね！　それで月楽が持っていったわけ！」

火門に鋭い目で見つめられても、月楽は澄ました表情でいる。

「灶君の月餅と一緒に渡してやった。こちらから出向こうと思っていたところに出会ったからな」

「もしやあの公園で!?」

驚いた俺に月楽は静かに頷いた。あの月餅に隠してたのか。全然気付かなかった。

そんな店長渾身の最後の菜譜帳。

パラパラとページをめくればぎっしりと文字や料理の絵が描かれている。どれも美味しそうな料理、面白そうな素材ばかりだ。芹菜炒牛肉絲（セロリと牛肉の炒め）、広東炒麺（広東風焼きそば）、枸杞冬瓜湯（冬瓜とクコのスープ）……。

「てことは、最新の酢豚も！」

はたして、半分ほどのところに酢豚の菜譜があった。

「材料はほとんど変わらないけどコーラは書かれていないな。その代わり五香粉《ウーシャンフェン》と……黒飴？」

「黒飴!?　そうか、あの強烈な甘みはそうだったのね！」

火門さんは大きな息をついた。

鈴猫さんはこれを店長さんに書かせてあげたかったんだ。店長のために猫から人になった金華猫は、しっかりと約束を守った。

そして月楽はそれを助けた。店長に恩返しをするために。

二人とも大事な人のために必死にやったこと。それに。

――おれが、おれが、頼んだ、から……。

掠れた声が心に流れ込んできて、俺は思わず店長を見た。

「俺が頼んだからだって、店長さんは言ってます。二人のせいじゃない、って言いたいんだと思います」

「でも、横浜陰界官庁だって、警察だって動いてる。頼まれたって言われても証拠がなくちゃダメでしょ」

火門さんは厳しい姿勢を崩さない。

俺は考え込んでしまった。店長の心の声が聞こえているのは俺だけ。

「じゃあ、みんなの前で語ってもらえばいいじゃないですか、木村店長本人に！ 田中さんの時と同じで、このあとキョンシー化を解くために符食術コースを食べさせるわけでしょ？ その時みんな呼んで話をしてもらえばいい！」

「ああ、それはいい考えですね」

厨房の外から穏やかな声がした。

俺たちが腰を浮かせる前に、山下公、それに田中さんの時にいたあの間嶋刑事がヒョイと戸口に顔を出す。

「ええっ、皆さんどうしてここに!? いつから!?」

「ついさっきです。妖気の乱れを大きく感じたもので」

山下公の声に、いやいや、と間嶋刑事が口を出す。

「まあ、あれだけ店の前で騒げばそりゃ事件だって気付くでしょ。いや、張り込んでたわけじゃないですよ、本当にね」

剣呑な顔でにっこりと笑い、でも、と木村店長を見た。

「本人の口から真相が聞けるなら、それはそれでいいからさ。あと……俺、腹減っちゃったから、夕食食べたいなって」

てへへ、と頭を掻く間嶋刑事のお腹からは強い空腹の音が聞こえる。その割に感情が漏れてこないのは月楽と同じように抑え込んでいるのか。俺の能力は知らないはずなのに……。屈託のない笑顔だけれど、やっぱりちょっと怖いおじさんだ。

「結局こうなるのねえ、まったく！」

仕方がない、と火門さんが立ち上がった。

「こうして全員揃ったら、もう運命として前向きに受け止めるしかないでしょうね。では我らが店長と二人の清廉潔白のために、深夜の符食術フルコース、作るとしましょうか！」

「了解！」

俺たちも火門さんの声に同意して、それぞれ気合を入れて腰を上げた。

身支度を終え、俺たちは作業台を取り囲んだ。時刻は十時半過ぎ。夜も深まってきている。

「さて、時間もないし、みんなも疲れているから、ちょっと急ぐわよ！　鈴猫ちゃんもお手伝いよろしくね！」

「はい、できることであれば！」

元気に答えた鈴猫さんは髪を一つにまとめ、予備エプロンを着けていた。これがとても似合う。

「コースの主菜は……せっかくだし、この新しい菜譜帳の『燻製油淋鶏《ユーリンチー》』でいきましょうか。ありものの食材を踏まえつつ、前回と同じ、前菜、湯《タン》、点心、主菜、それに粥か麺と甜点心となると……」

俺は、そうだ、と声を上げた。

「ちょっと待って！　あの、肉まんって作れませんか？」

「肉まん？」

あ、と顔を上げたのは刑天と福福だった。

「もしかして、俺たちが最初にもらったあのデッカい肉まんのこと？」

「当たり！　偶然かもしれないけど、俺たちみんな最初に店長から肉まんをもらってるだろ？　お返しに作るのもいいかなって」

「それ、いいアイデアじゃない？　まさに恩返しね！」

うんうん、と頷いて火門さんと刑天、月楽は、食材やら何やら話しながらメモを書き始める。

やがて三人はみんなの前にそのメモを出した。

前菜：前菜三種（蝦の酒蒸し、木耳のピリ辛甘酢、チャーシュー）
湯：白菜と搾菜、金華ハム入りスープ
主菜：燻製油淋鶏
鹹点心：桃源郷飯店特製　宝船肉まん
甜点心：桃仁《トウニン》豆腐

「あの肉まんの正式名称は『桃源郷飯店特製　宝船肉まん』よ。キムさんの十八番だったわ」

「名前だけで美味しそうだなあ。今回もちゃんとしたコース仕立てなんですね」

「こんな深夜だし、時間も限られているから品数は少なめだけどね」

火門さんが深く頷く。

「店長に、アタシたちが作った料理をちゃんとあじわってもらいたいの。それに、自分の店できちんとしたコース料理を食べたことないかもしれないじゃない。最後くらいは美味しいコースを食べてもらって、安心させてあげたいのよね」

「喜ぶと思いますよ！」

俺が言うと彼女は嬉しそうに微笑んだ。

「じゃあ手分けして取りかかりましょう。アタシは前菜と油淋鶏、サトシくんは鈴猫ちゃんと一緒に湯を作ってから刑天の肉まんを手伝って！　月楽は指導ね」

「了解！」

火門さんに元気よく答えて、俺たちはそれぞれの持ち場に散っていく。

ふと部屋の片隅を見れば、木村店長が白目でじっとこちらを見ている。

——頼んだぜ。

そんな声が聞こえた気がして、俺は大きく頷いた。

そうして木村店長を元に戻し、見送るための符食術コース作りが始まったが。

「作業台空けといて！　あと、ここに皿置いといたの誰か使ったわね!?」

「す、すみません、スープで手が離せなくて！」

「こっちはそろそろ蒸し上がるから焼き用にコンロ一個貸してくれや。えっ、まだ全部使ってんの？」

「じゃあとりあえずオイラは個室のテーブル拭いてくるね」

これだけの料理をこれだけの人数でいっぺんに作るのだから厨房はいつも以上に戦場となる。

そして今回の主菜は燻製油淋鶏と、宝船肉まん。

「あー、燻製のこれ！　覚えてるわ。去年あたり、幾度か試作してたわよね。失われた菜譜だと諦めていたけど」

燻製といえばウッドチップで食材を燻す調理法だ。高い温度で短時間で火入れするのが熱燻と呼ばれ、今回はこれを使うらしい。

火門さんはさっきの菜譜帳を覗き込み、ふむ、と息をついた。

「本場の油淋鶏には衣がつかないのよね。茹でた鶏肉に丁寧に油を掛けて揚げ焼きにする。今回は骨付きもも肉を熱燻して、そこから油を掛ける。この掛け揚げを中華料理では『油淋《ようりん》』というの。それで油淋鶏ってわけ」

「な、なるほど、本当の油淋鶏は掛け揚げなんですね！」

「本当ならもっと時間を掛けて表面を乾かすし、味を浸透させるんだけど……ほら、月楽、出番よ」

うん、と頷いた月楽はすでに金餐杓を構えている。

「桃仙符呪霊食術――爆速加熱！　爆速浸潤！」

今回はダブルで光の花が咲く。

「下味に付け込んでから本当は三十分ほど置かないといけないんだけど、まあ今回は五分くらいでいいでしょ。それから調理して、最後にネギとナッツの入った香ばしいソースを掛けるわ」

俺は頷きつつ感嘆のため息をついた。さまざまな調理法を組み合わせて一つの料理を作る。その工程が本当に面白い。勉強になる。

「さて、サトシくんはそっちで鈴猫さんとスープ作って、一段落したら肉まん作りを手伝ってくれる？　菜譜帳見ながらよろしく！」

「了解。……ほら、鈴猫さん、これをそこの鍋に入れて。一緒に料理してみよう！」

俺は菜譜帳を見ながら手早く白菜と金華ハムを刻み、ごま油と一緒に鍋に入れた。パチパチッと音を立てた具材に鈴猫さんが怯えたように耳を寝かせる。

「わっ、油が跳ねますッ……！」

「大丈夫だよ、ほら、菜箸でかき混ぜて、馴染ませれば」

手早く混ぜればすぐに音は止み、ごま油のよい匂いがあたりに漂う。寸胴鍋から中華スープを取り、あとはしばらく煮込んで調味すればできあがり。金華ハムはいわば中国の熟成生ハム。よい出汁が出るから、このくらいシンプルな菜譜でちょうどいいらしい。

「サトシさん凄い！　元から料理がお上手なんですか？」

鈴猫さんの声に、いやあ、と大げさに照れた。

「最初は全然できなかった。でもほら、俺って食いしん坊だろ？　俺自身も美味しい料理が食べたいし、弟たちにも食べさせたい。だから料理を始めたんだ」

「食べさせたいから……」

「自分が食べるのもいいんだけど、誰かのために作る、誰かがそれを食べてくれるってのは、別な幸せを感じるんだよな」

「そうですね。私も木村店長に美味しいものを食べさせられるよう、がんばります！」

そうそう、と頷いてから俺はチラリと顔を上げた。

遠くで立ち働く真っ白な姿。木村店長ももちろんだけど……俺にはもう一人、食べさせたい人がいる。

「さて、お次は肉まんだな」

刑天のところへ行くと、すでに五個ほどできあがっていた。だがその大きさが普通ではない。

「で、デカい……」

「宝船肉まんだからな。具材は豚角煮とウズラの卵の煮たやつ、タケノコ煮を刻んだやつに酒蒸しの蝦、木耳。濃いめの味付けだ」

具材を見るとあの日のことが蘇る。あの日、確かに俺はこの肉まんの美味しさと、店長の優しさに救われたんだ。

「符食の下ごしらえはさっき副支配人がやってくれたし、材料をビニールに入れて皮を捏ねたのは福福だ。みんな店長への恩返しで美味しいものを作りたい一心なのさ。ほら、あんは皮に載せてこうやって包む」

刑天が丁寧な手つきでひとつ、包んで見せてくれる。俺は広げてあった皮に具材を載せ、見よう見まねで包み込んだが、結構難しい。

「ちょっとくらい穴が空いても大丈夫だ。今日は店に出す点心じゃない、恩返しの点心なんだから。技術よりも真心を多めに込めればいい。ああ大丈夫、サトシは上手だよ」

ちょいちょいと皮を直しながら刑天が笑った。俺は残りの皮にあんを載せ、ぎゅっと包んだ。みんなの想いを一つにするようにしっかりと、一つずつ仕上げて蒸籠に入れていく。

「よし、もういいぞ、サトシ。十分だ」

蒸籠は巨大な肉まんでぎっしり。だがほんの少しだけ隙間があるし、あんも余っている。チャンスだ。

「あのさ、もう一つ、小さい肉まんを作りたいんだけど」

「小さい肉まん？」

「そう。本当に小さいやつ……皮と具の余りで作ってもいいかな？」

「そりゃ構わないけど」

ありがとう、と刑天に言って、俺はもう一つ、肉まんを作り始めた。

完成した食事をすべて並べ終えたのは、真夜中の十二時過ぎだった。

本来なら何時間も掛かる料理ばかりなのに、下ごしらえから一時間とちょっとでフル中華コースが完成していくのはこの店ならでは。人間のレストランではありえない。

木村店長と山下公たちの待つ二階の個室に料理を運び込み、全員が席に着いたところでようやく俺たちはホッと息をついた。

「揃ったな」

円卓の脇に立った月楽がテーブルの皿と一同を見回す。

鳳凰の形に盛り付けられた前菜。

俺たちの作ったスープも高そうな器に盛りつけられていて、作っていた時の数倍美味しそうに見える。

そして大皿にてんこ盛りの宝船肉まん。

「じゃあ始めよう。桃源郷飯店、桃仙符呪霊食宴の開始だ」

この間とは違って料理はすべて、大きな円卓に並べてある。玲瓏《れいろう》とした声と共に、並んでいる大皿が一斉に紋様を浮かび上がらせた。薄桃色の、鮮やかで凛とした円形の紋。符食術の発動だ。

「さ、キムさん、召し上がれ！　あなたの育てた桃源郷飯店の現在の味、どうかご賞味くださいな！」

火門さんが木村店長の横に座り、取り分けた前菜を食べさせる。箸で摘まみ、口に入れると、木村店長はゆっくりと口を動かし始めた。一口、二口、食べる度に少しずつ顔色が緑から肌色に変わっていく。

——美味しい、美味しい。

——ああ、久しぶりの料理は、本当にうめえな……。

木村店長の心がやわらかくほどけ、彼の日常の口調を取り戻していくようだ。

ホッとしたら急にお腹が減ってきた。思えば夕食も食べずに二連続で夕飯作りをしたようなもんだからな。

「まずは前菜っと」

満を持してキュウリと一緒に甘酢であえたキクラゲに箸を伸ばす。口の中に入れると、コリッ、カリッ、と小気味よい歯触りがする。

蝦の酒蒸しは対照的に淡白で海のうまみが凝縮している。ギュッと締まった身がたまらない。チャーシューは皮はこんがり、身はしっとり、まさにプロの技だ。

見れば火門さんたちも凄い勢いでガッツいている。

「あの短時間でよくチャーシュー作れましたね」

「肉類はさすがに仕込んであったのを使ったのよ」

ふっと息をついた火門さんが木村店長の顔を見る。もうだいぶ顔色もよくなり、いまはただ目を閉じた老人のように見える。もう少しって感じだろうか。

「前菜は濃いめの味ですが、スープを食べると口が落ち着きますね。美味しいです」

穏やかに微笑む山下公。その笑顔に、作ったこちらも嬉しくなる。

「あとはこれが主菜の燻製か……どれ」

美しい盛り付けを崩すのはもったいないが、美味しさには代えられない。上に掛かっているソースは黒酢ベースだろうか、ネギと砕いたナッツがたっぷり交ぜられていて、肉を箸で取り上げればソースがとろりと皿に落ちる。

「うわ、うまい！」

一切れ口に入れると馥郁《ふくいく》とした燻製の香りが広がる。そのあとに来るのがナッツの甘い風味。噛み締めた肉は硬くもなく、やわらかくもなく、歯応えがある。噛めば噛むほどうまみが出てきて、いくらでも食べられそうだ。

そして次は、宝船肉まん。

ああ、そうだ。このずっしりとした重さ、大きさ。

フワフワの皮をぱかっと割ると、中から具材が溢れてくる。ウズラ、角煮、蝦にタケノコに……俺はたまらずにかぶりついた。複雑なしょっぱさが口の中に溢れるところまであの日と一緒だ。豚肉の甘さとタケノコの歯触り。噛みしめるたびに美味しさが広がっていく。

うーん、と低い声がする。

「ああ、こりゃうめえ。うめえ肉まんだなあ。いっぱい具が入って、心まで満腹になりそうだぜ……」

俺たちは懐かしい声に目を見張った。

円卓にはすでに緑色のキョンシーはいない。顔色のよい、右頬に大きな傷のある老人がさかんに肉まんをパクついている。

「キムさん、すっかり戻ったのね！」

火門さんの声に、おう、と木村店長は口の中の物を飲み込みながら頷いた。

「店を昨日離れたつもりだったのに、なんだかヤケに懐かしいな。でも一年経ってるんだよな。元気してたか？」

「元気も何も！　んもう、とんでもない迷惑掛けてたのよアナタ！　もう、もう！」

火門さんが怒りながら泣き出す。ああ、と言って店長はその頭をよしよしと撫でた。

「悪かったな、急に倒れたりしてよ。お前には迷惑を掛けた」

「わかってるなら早く生き返ってきなさいよ！」

火門さん、ムチャクチャだ。

その言葉はいつもよりも真剣で、わがままで、だからこそ本当の気持ちをさらけ出している気もした。

店長の前に、月楽がスッとお茶を差し出す。

「お戻りになって何より」

「月楽か。あれ、ちょっと顔色がよくなったか？」

「あれからずいぶん経ったのだから当然です」

言い方がぎこちないのは昔からなのだろうか。木村店長は気にした様子もなく大声で笑い、月楽の頭もクシャクシャと撫でた。

「そういう他人行儀な言い方は変わらねえな、まったく、同じ卓で二〇年、メシ食ってきた仲間だってのに遠慮すんなよ！」

嬉しそうに言いながら木村店長は俺を見つめる。

「俺が倒れてからしばらく経ったのはわかる。みんな何だか様子が変わってるもんな。刑天なんか首が生えて背が高くなって顔も変わって……」

「ちょ、ちょっと、さすがにそれは俺じゃないスよ!?　俺はこっち！　そっちはキムさんが倒れてから入った新人バイトです！」

刑天に指をさされて俺は慌てて頭を下げた。

「お、俺は新人バイトの安藤サトシって言います。厨房で手伝いをしています！」

「もしかして鈴猫が話してた人間店員か！　いやあ、期待の新人だってな、よろしく頼むぜ」

「それよりも一年前に、俺、店長から肉まんをもらってて！　この宝船肉まんを！」

「コイツを？」

木村店長は俺と肉まんを見比べてから、あっと声を上げた。

「あの時の若いやつか！　肉まんどうだった？　うまかっただろ？」

「美味しかったです！　あの肉まんがきっかけで、俺、ここでバイト始めたんです。今日の肉まんは、そのお礼のつもりでみんなで作りました！」

そうそう、と俺の背を叩いたのは刑天だ。

「俺たち、みんなキムさんの肉まんに助けられたからな。今度は俺たちが助ける番だって思ったんスよ。福福だって、そこの副支配人だって一緒に手作りしたんだ」

「そうだったのかよ……」

木村店長は満足げに息をついた。

「きっかけを投げたのは俺だが、それをつかんでくれたのはお前たちの意思だ。ありがとうよ、おまけにこんなうまいメシまで……」

ふっと笑った顔が優しい。いえ、と頭を下げた俺はじんわりと嬉しい気持ちが広がるのを感じた。隣の刑天も床の福福も嬉しそうだ。よかった、ようやくみんなでお礼を言うことができた。

「それに間嶋と山下公も来てくれるとはな」

うん、と頷いて間嶋さんがモグモグと咀嚼する。

「まあちょっと木村店長の料理が懐かしくもありますが」

「諦めて新しいやつを食いな。だって俺は……俺は、死んでるんだからな。死人は料理はしねえ」

周囲がしんと静まりかえる。

木村店長はひっそりと自分の手を眺めた。

「ああ、そうだ。あの子猫ちゃんに死んでも生き返れるよう頼んだのは、俺自身だ」

一同が見つめる中、ふうっと息を吐いた。

「だいたいわかってるさ。俺は倒れて、意識不明で、そのまま死んだ。だけど、俺が頼んじまったから、子猫ちゃんが生き返らせてくれた。そんで菜譜帳を完成させて……そうだよな？」

鈴猫さんは菜譜帳を取り出し、木村店長に差し出した。店長はそれをパラパラと見てから、満足げに息をついた。

「まあそういうことだ、間嶋さんよ。キョンシーが出たって騒ぎになっちまったが、何てことはねえ、俺自身が死ぬ前に頼んだことだったんだよ」

間嶋さんは口に入れていた残りをゴクリと飲み込んでから、木村店長、それに月楽の顔をじっと見つめ、やがて大きな息をついた。

「やれやれ、わかりましたよ。死んでからも町を騒がせるのは御法度ですぜ？」

「ははっ、悪いね！　生きてるころにさんざんタダメシ食わせたろ？　罪になる分はしっかりあの世で払うからよ、残りはそれでチャラにしてくれや」

「まったく、キムさんには敵わねえ」

ほう、と一同が息をついて緊張が解ける。俺も何となく力を抜いた。よかった。これで一件落着かな。

「最後の晩餐だ、存分に飲ませて食わせてもらうぜ！　一番いい酒持ってこい！　いつまみもな！」

「キムさん、またそうやって調子に乗る！」

火門さんが叫び、刑天が笑いながら厨房へ走る。そうだ、と俺は口を挟んだ。

「このスープ、鈴猫さんと俺で作ったんです。よかったら、じっくり食べてみてくれませんか。彼女、凄くがんばってたので」

「そうだったのか」

木村店長はスープのお椀を取り上げると、丁寧に一匙、口に運んだ。

「うん、金華ハムのしょっぱさと香り、白菜のシャキッとした新鮮さが鮮やかだな。湯も綺麗だし味も澄んでる。きちんと作ったんだな……。思えばここ数日、お前の世話になりっぱなしだった。しまいにゃこんなうまい料理まで作ってくれて。本当にありがとうよ」

鈴猫さんの目が潤み、やがて涙がこぼれた。にゃあ、と甲高い猫の声で鳴く。

「そんなこと、私たちが店長にしてもらったことに比べれば！」

彼女の鳴き声を聞きつつ、あ、と気付いた。田中さんが言ってた赤ちゃんの泣き声って、猫の鳴き声のことだったのか！

木村店長は鈴猫さんの頭をよしよしと撫でる。その手は子猫を撫でるように優しい。

「メシを食わせてやった子らが、こうしてメシを食わせに来てくれる。こんなに嬉しいことはないねえ。最後の菜譜帳も何とか渡せたし、もう心残りはねえな」

「でも殭屍の身でよくこれだけページ埋められたわね」

火門さんがパラパラと四冊目の菜譜帳をめくった。ノートの三分の一ほど、結構なページ数だ。

「いやあ、最初はイケるかと思ったんだが、やっぱ途中で頭がグラグラして思い出せなくなってきてなあ。だから鈴猫にスマホを持ってきてもらったんだよ」

「まったくもう、きちんと言ってほしかったわ。あれをめぐってこの店に危機が訪れるところだったんだからね！　……月楽もちゃんと話してくれていれば！」

月楽がすました顔で頷く。

「知者不言《知っている者こそ黙っている》」

「そういうところがダメなのよ！」

ようやく最後のピースもハマり、俺は笑いながら納得のため息をついた。

気付けば木村店長は三〇代くらいの若さに戻っている。意外にもかなりのイケメンで、これは相当モテただろうなぁと一人納得してしまう。

彼は周囲を見回すと、へえ、と改めて感嘆の息を吐いた。

「みんな同じかと思ったけど、やっぱり変わってるな。しばらく旅にでも出ていたような気分だぜ。いろんなことがあったろ、話してくれよ」

「まったく、大変な一週間だったんだからね！　他の殭屍たちを捕まえて、あなたを捜して、店も回して、バイトも入れて！」

火門さんがちょっと怒ったように、だが幸せそうに話し始める。

思えば本当にとんでもない一週間だった。

でも。

おかげで木村店長はもう一度店に戻ることができた。

俺は能力の制御ができるようになった。

関平くんは思い出と新しい味を重ねられて。

そして俺と鈴猫さん、刑天に福福に月楽も、木村店長にきちんと優しさを返すことができた。

最初にキョンシーとして出会った田中さんに俺は『運命』と言った。

いまならわかる。それは少しだけ違っていた。

何かが不意に起こるのは確かに運命かもしれない。でもその先の道は必ず『人の想い』が形作っていく。

ああ、料理に似ているかも。

いろんな偶然を、運命を、事件を、四苦八苦してみんなで下ごしらえして、そのうえでこうして美味しい料理としてあじわえたのなら上出来じゃないか。

少なくとも、嫌な未来は確実に変えられたんだから。

そして、俺にはあともう一つ、変えたい未来がある……。

「おい月楽よ、もっとつまみと酒持ってきてくれ」

木村店長たちの騒がしいお願いに、月楽が黙って立ち上がる。

「俺も手伝うよ」

彼のあとに続き、俺も冷えた廊下へ出た。


厨房に入った月楽は言われた酒肴を用意していく。

「サトシはそっちの棚から麻辣《マーラー》青豆の袋を取ってくれ。あとは新しいコップと氷、お湯も。どうせ飲んだくれるつもりだろうし、足りなくなったらまた取りに来ればいい」

「了解」

棚から袋を取り、氷を用意しながら俺はちらりと月楽を見た。いつもの冷たさ、いつもの横顔。そしてわずかに心の内を探れば、ほんのりと、いつもの空腹感。

俺が変えたい、もう一つのもの。

「さっきの腕の傷、大丈夫？」

尋ねると、思い出したように月楽は自分の腕を見た。

「大したことはない」

俺はさりげなさを装って月楽の前に立った。

「俺、実は月楽に用があってさ」

「私に？」

首を傾げる月楽の前で、俺はレンジの中に入れておいた小さな皿を取り出した。ラップを取ると、小さな肉まんがあらわれる。ピンポン玉ほどの、本当に小さな肉まんだ。

「月楽、さっきも食事しなかっただろ？　だから、お腹減ってないかと思って」

月楽は一瞬、驚いた顔になったが、すぐに怒ったような表情で俺を見た。

「……そういったものは、私には不要だと」

「ええと、じゃあ、言い方を変えるよ。俺が作った肉まん、食べてもらいたいんだ」

菫色の視線がまっすぐにこちらを向く。そうして見つめられると気恥ずかしい。このお願いが子供っぽく感じられる。

でも、こんな楽しい夜だからこそ、たった一人で空腹を抱えているのは違う気がするんだ。

「俺、月楽にいろいろなことを教えてもらって、自分を変えてもらってさ。本当に楽しい一週間だったんだよ。だからお礼に俺が作った美味しい肉まんを食べてもらいたいなって」

ふん、と月楽がいつものように鼻を鳴らす。

「たいした自信だな。自分の料理が美味しいと？」

「当たり前だろ。その時のベストを尽くしてるんだ。プロと比べたら味はまだまだかもしれないけど……うん、でも、心はしっかり込めてるし、美味しいよ」

ほら、と差し出した皿を前に、月楽は静かに立ち尽くしていた。

「なぜ、ここまでする？」

「だって、友達がお腹を空かせていたら、放っておけないだろ。俺の料理で、お腹いっぱいになってもらいたい」

あ、でも、と俺は慌てて言った。

「もしも本当に食べたくないのなら、食べなくていい。無理はさせたくない。その代わり、また作るよ」

俺は精いっぱいの笑顔で笑いかけた。

「月楽が食べられる気持ちになるまで、いつまでも、何回でも、作るから。月楽がその未来を選んでくれるまで」

少しの間、迷っている気配があった。

その時間がもの凄く長く感じられたけれど、きっと一瞬だったんだろう。それこそタケノコが焦げるほどの一瞬で。

仕方がない、と小さな声で言って彼は息をつく。

「面倒くさいお節介男だ」

月楽の白い影が近付き、俺が持っていた皿に左手を添えた。もう片方の手で肉まんを取り、ぱくりと一口、控え目にかじる。

「……美味しい」

食べた。

食べてくれた……。

咀嚼し、飲みこんでから、彼は微笑を浮かべた。

「まあ勤務一週間の素人にしては、上出来だろう」

彼は手を離すと、まるで何事もなかったかのように作業台に戻った。だが、こちらに背を向けて動かない。

「私には罪がある」

唐突に彼が言った。

「大昔、まだ人間だったころ、弟子たちを飢えで殺した」

俺はびっくりして顔を上げた。

「月楽、それは……」

「天災も環境も言い訳にならない。彼らを指導していたのは私だったから。だからこそ、私には料理を食べる資格がない。本当は仙格をもらう資格もない。ずっと悩み続け、すべてを捨てるつもりでこの町に来た。だけど」

彼はふっと、はにかんだように小さく笑う。

「この町も、店長も、そしてお前もお節介だ。お前は……私が一番親しかった師弟《おとうとでし》によく似ている」

何も言えずに立ち尽くす俺の前で、月楽は気持ちを切り替えるように手早く支度をしていく。

「私は酒肴を持っていくから、お前はそこのグラスをいくつか持ってきてくれ。氷も忘れるなよ」

「は、はいっ」

月楽は皿を手に取り、いつもの動きで厨房を出ていこうとする。

ふと足を止めた。

——ごちそうさま。

小さな感情だけが残される。

じんわりと、心の底から喜びが湧いてきた。それはお米が花開くような、そんな地味でささやかな喜びだった。

まだ手放しで喜ぶわけにはいかない、それは俺にだってわかる。明かされた彼の過去は重く、謎も多い。まだまだ隠していることも多そうだ。

それでも、少しずつ、前向きに、諦めずに手を伸ばし続ければいつか、想いも未来も変えられるかもしれないから。

向こうからはまだまだみんなの笑う声、騒ぐ声が聞こえる。

騒々しい気配を感じながら、俺はしばらくの間、厨房で静かな感情に浸っていた。


「迎えが来たな」

ふう、と木村店長が窓の方を見た。

宴会が始まってから何時間が経ったのだろう。いつの間にか時間が過ぎて、もう夜明けも近い。

店長が手をかざすと、うっすらと指先から光が消えていくのが見えた。田中さんの時と同じだ。指先に皺が戻り、みるみる全体に広がって徐々に生気が失われていく。

火門さんが目を細める。

「寿命、延ばせたらいいのにね」

「前から言ってるだろ。コース料理と一緒で、人生は終わりがあるからうまいのさ」

気風よく言ってから、彼は少しだけ名残惜しそうに部屋の中を見回す。

「この個室も何百回と入ったが、これで見納めか……福福は寝ちまったか。可愛いな。ああ、山下公は疲れた顔してるから、家に帰ったらちゃんと寝ろよ。この世界では神々だって人外だって疲れるし風邪も引くんだからな？」

「肝に銘じますね」

山下公は少しだけ照れくさい顔をしている。この間のことを思い出したのだろう。

あとは、と木村店長が視線を当てたのは月楽だ。

「月楽、いや、師仙よ。アンタの方がずいぶん偉い立場だが、どうも危なっかしいから言っとく。焼けた肉はもう生肉には戻らねえ。昔のことばっかり見ないで、いまを生きろ。俺にはもうないが、アンタには時間がたくさんあるんだからな」

月楽は面食らったように彼を見つめていたが、やがてゆるゆると息を吐いて小さく頭を下げた。

「その言葉、ありがたく受け取っておく。私を救ってくれて本当に感謝している」

「意外と素直なところがアンタのいいところさ。俺の教えたソーダ水も、美味しかっただろ？」

月楽は素直に頷く。

木村店長はにっこりと笑い、今度は俺の方を見た。

「おう、お前、会ったばかりでナンだが、ツンデレ仙人とこの店をよろしくな！　お前は俺の若いころにちょっとだけ似てる。ヤベえことでも何とかできそうな気がするんだわ」

「わ、わかりました、何とかしてみます！」

あ、そうだ。俺は椅子の背に置いておいた菜譜帳を取り出した。

「これ、丁寧に書き残してくださって毎日助かってます。新しい巻もありがとうございます！」

頭を下げると、うん、と彼は優しい笑顔になった。

「俺も前の店長からもらったんだ。その店長も、さらに前の店長から。俺たちの寿命は中華妖だの神仙に比べると一瞬だ。でもその一瞬を書き記して繋いでいけば、永遠も作れるからな」

「永遠も」

その瞬間、誰のものとも知れない映像が浮かんだ。

長い時間の流れの中で、命が、料理が繋がっていく。

食べる物、食べられる物、作る喜び、食べる喜び。その大きなひとつながりの道《タオ》。

「だからお前も菜譜帳を作れ。そして次の店長に繋げてくれ。それがお前の仕事だ」

「わかりました」

深く頭を下げた俺を見て、あ、と火門さんが声を上げる。

「ちょい待った、もう一つあるわ！　上湯《シャンタン》の隠し味、あれ教えていきなさいよ！」

「ああ、そうだな。でも教えるわけにはいかねえ」

「何ですって？」

全員の視線が集まる中、木村店長は四冊目の菜譜帳をパラパラとめくり、それから俺をじっと見据えた。

「この店のベースになる『上湯』。でもその大事な隠し味を、代々の店長は記していかねえんだ。サトシ、お前が探すんだよ。次の代のやつが、自分で創っていくんだ」

「俺が、ですか……」

俺は火門さん、刑天、そして月楽を見た。

みんなが深く頷いてくれる。

まだまだバイトだけど、入ったばかりだけど、約束しちゃっていいのだろうか。

でも、やってみないとわからないよな。

「わかりました。精いっぱいがんばります！」

「いい返事だ！」

アハハ、と笑ったところで、木村店長は俺の隣、もう泣きそうな顔で立っている鈴猫さんに目を留めた。

「鈴猫よ、俺のために金華猫になってくれてありがとな。でもこっからはお前の猫生だからよ、好きなように生きなよ。うまいもん食べたり、彼氏作ったりさ」

「て、店長さん、そういうの、いまはセクハラって言うんですよ」

「そうか、悪かったな。何だか近所の子供みたいに思えてよ！　実際、猫たちは子供みたいなもんだったからな！」

鈴猫さんの頭をクシャクシャに撫でてから木村店長は息をついた。

「俺は親もよくわからねえ、子供も家族もいねえ、でも面白い人生だったよ。この店と、町と、みんなと出会えたからだな。あの肉まんみたいに俺にとってはこの店が、具材ぎっしりの宝船だったのさ」

　彼はしみじみと笑った。

「それにみんなで食うメシ……気心の知れた友達との美味しい時間ほど、幸せな時間はないんだよ。それを知れただけでも、この人生の価値はあったと思うぜ。なあ？」

　木村店長の視線に一同はそれぞれの表情をする。火門さんは目を細め、山下公は微笑み、月楽は小さく頭を下げ、刑天はそうだそうだとはやしたて、俺は素直に頷いた。

　そのワイワイしたにぎやかさこそが木村店長の愛したものだったはずだから。

　そうしている間にも木村店長の腕から、身体から、光が抜けていく。抜けた光がわずかに上へと立ち上り、窓の向こうへと流れていく。

　思いの名残を断ち切るように、じゃあ、と言って木村店長は手を上げた。

「今日は楽しかったわ！　やっぱ中華料理は円卓で、みんなで食うに限るな。今度は冥府で店開くからさ、来た時にはよろしく……」

　あ、と言って木村店長は火門さんに顔を向ける。

「スマホのロック、番号教えておくわ。一一八七だよ」

「二一八七？」

「中国語でイーイーバーチー。日本語だと……いいまち、さ」

火門さんは呆気にとられたように彼を見てから、んもう、と泣き笑いの顔を作った。

「完全にダジャレじゃないの！　みんなで悩んだのに全然意味なかったのね」

「俺ァ神様じゃねえんだ、そんなにバッチリ意味のある人生なんか送れるかよ！　でもそれこそが……」

遠くから小さな汽笛が響き、朝の風が言葉の続きをさらっていく。

気付いた時にはもう、木村店長は痩せたおじいさんに戻って、目を閉じたまま動かなくなっていた。


「いやあ、こんな結末だとはねえ。刑事生活の長い俺もびっくりだわあ！」

間嶋刑事が陽気に笑う後ろで、あの二人の警官たちが黙々と担架を運んでいく。

もちろん、運ばれていくのは木村店長だ。

朝の五時、周囲がようやく明るくなったところで、俺たちは目をショボショボさせつつ店の外に立っていた。

胸の中にはもちろん別れの悲しみが残っている。だがそれは店長に満足してもらった嬉しさに中和され、早春の朝、どこか清々しい気持ちに変化しつつあった。

立ち会っているのは火門さんに月楽、それに俺。刑天は近くだからと自分の家にいったん帰ったし、福福は相変わらずテーブルの下で寝ている。こちらはきっと仕込みの時間まで起きないだろう。

「これで全員無罪放免よね？」

火門さんが疲れた目で間嶋刑事を見ると、うん、と言って彼は頭をかいた。

「こうして期限内に解決してもらったわけだし、ご遺体への影響もほとんどなかったわけで、俺たち神奈川県警としては不起訴ならぬ『事件はなかった』で終わるってことでいいよ。冥府は冥府でまた別だからどうなるか俺らにはわからないけどさ」

「それは木村店長が自分で負うものでしょ。個人の業……当然よね」

火門さんの言葉に半ば頷きつつ、それでも気になるところはある。

「でも最初の田中さんとか、普通の人間だったじゃないですか。ご遺族は大丈夫だったんですか？」

「あれもねえ、ご本人が『歩いてきちゃってる』から立件は難しいんだよね。おまけに火葬場の空きを待ってる期間だったから遺族の方も気付いてないしさ」

何やらメモに書きつけながら間嶋さんはため息をついた。

「結局、葬儀屋の不注意として処理したよ。遺棄とかじゃなくて、指定の場所に置かなかった、って感じで上手いことね。その葬儀屋も中華妖だし」

「そ、そういう強引な処理でいいんですかね」

「まあねえ、俺たち『神奈川県警妖異課』だしねえ。この店と横浜陰界官庁へ貸しを作るのは悪くないし」

その笑顔が頼もしいけれど、ちょっと怖い。

だがすぐに、あれ、と言って彼は俺の顔を見つめた。

「君、結局バイト続けるの？　どうする気？」

「え、ええと」

そういえば。

最初に言われたバイトの期限は、確か一週間。今日で終わりだ。

「今後もずっと続けるつもり？　この怖い店で」

「当たり前だ」

はっきりと答えたのは月楽だった。

「当店のバイトに揺さぶりを掛けるのはやめてもらおう。間諜を探しているなら他を当たってくれ」

月楽がひとにらみすると間嶋刑事は、おお怖《こわ》、と震え上がる。

「だって人外ばっかりの店だから、食べられちゃうんじゃないかと心配で」

「ああ、それなら大丈夫ですよ」

俺はにこやかに微笑んだ。

「俺、こう見えて結構料理上手だし、有望株だし、いい出汁出ますから。それにこの店の次期店長を任された男ですからね！」

ポカンとした間嶋刑事の向こうから火門さんが戻ってくる。遺体は無事にパトカーに乗せられたようだ。

「あとはアタシが話しておくから、店に戻って寝ちゃっていいわよ。仕込みの時間は、まあ月楽に任せるわ。二人とも、本当にありがとね」

綺麗にウィンクしたが、その付けまつげがちょっと取れかけている。彼女にとっても長い夜だったのだろう。

右手には店長のスマートフォンを持っているから、このあとじっくりと思い出の余韻に浸るのかもしれない。

間嶋刑事と火門さんが話しているのを置き去りにして、月楽はスタスタと店の方へ歩き出した。俺も慌ててそのあとを追いかける。

「ねえ、さっきの……」

「言われた通り、一度仮眠を取るといい。業務開始時間は、今日は十時にしてやる」

白い背中は相変わらずツンツンだ。だが纏う空気には雪解けならぬわずかなやわらかさが感じられる。

たった一週間なのに、ずいぶん長く一緒にいた気がする。

「もしや、月楽のベッドを貸してくれたりする!? このビルの上に住んでるんだもんね?」

「安心しろ、倉庫にゴミ袋を敷いてやる」

「ひい、やっぱり塩対応じゃん」

泣き笑いの顔を作ってから、俺は真面目な表情で彼を覗き込んだ。

「バイト、続けていいんだよな?」

彼は、ふん、と鼻を鳴らして俺をにらむ。

「お前が望むなら辞めていいし、続けたいなら続ければいい。決定権はお前にある」

めまぐるしいほどに忙しく、陽気で、ちょっと怖くて、そして何しろ楽しい一週間だった。こんなに濃い一週間は俺の人生の中には覚えがなかったくらい。

だから。

「俺は続けたいと思うけど、月楽はどう思う？　意見を聞きたいんだ」

「新しい上湯を作り上げる、と木村店長と約束したのではなかったのか？」

「それはもちろんだけど」

彼は立ち止まり、ちらりと俺を見た。

「……私にきちんと料理を食べさせたいんだろう？　やると言ったことは最後まで責任を取れ」

言葉の意味を理解する前にまた歩き出してしまう。長い髪がさらりと、誘うように背中に揺れている。

まったくこの……ツンデレ仙人め！

「ああ、あと三倍の給料は元に戻そうかと思っている」

「えっ、嘘でしょ、ちょ、ちょっと待ってよ！」

店の大きな看板をくぐる白い姿を、俺は忙しくも嬉しい気持ちで追いかけた。

エピローグ

「あれ、桃源郷飯店の店員さん……ですよね？」

ランチが始まる少し前。

ちょっとした買い出しに行った俺は、中華街大通りで声を掛けられた。

振り向けばそこに気弱そうな青年が立っている。ずんぐりした体軀とのっぺりした顔、垂れ目でいかにもお人好しそうだ。中華風の黒い服は制服だろうか。

「ええと……どちらさま？」

「僕ですよ！　あのニセ山下公騒動の時の、亀です！」

「あの妖亀くん!?」

驚く俺の前で、へへ、とバツが悪そうに頭を掻いてから、彼は深々と一礼した。

「その節はご迷惑をお掛けして申し訳ありませんでした。優しく言っていただいたうえに、取り調べのあとに食べる食事まで持たせていただいて、すごく美味しくて、嬉しくて、ポロポロ泣いちゃいました」

俺は目を細めた。あの日はたしか月楽と相談して、山下公にランチの詰め合わせを託したんだっけ。

「うちは人間とそれ以外をお腹いっぱいにする店だからね。よかったらまた食べに来てよ。でも亀くんはどうしてここに？」

「あのあと山下公に諭されて、反省して……そしたら初犯で罪が軽いから、償う代わりにこの街で働かないかって言われたんです。勤務先も紹介してもらって」

「えっ、よかったじゃん！　何の仕事してるの？」

「占い師です！　中華街は最近占いブームだし、僕、ちょっとだけ予知能力がありますからね。山下公が、せっかくよい能力があるんだから、それを鍛えてよい方向に生かしなさいって」

そう言う彼の顔は以前よりもずっと生き生きしている。彼の能力なら占い師は天職だろう。よかったなあ、と俺も思わず笑顔になった。

「いまはお客さんを迎えに店の外へ出たところなんですけど……あ、あの方かな？」

通りの向こうで女性が手を振り、小走りでこちらにやってくる。俺は今度こそ目を丸くした。

「お、大崎さん!?」

向こうも気付いたようだ。急に足を止め、それから神妙な表情でゆっくりと歩いてきた。

「サトシくん……どうしてここに」

「俺、少し前から中華料理店でバイトしてるんだ」

唐突に終わった大崎さんとの短いデート。何だかすごく前のことのように思える。

そうだ、と俺はバッグからチラシを取り出した。腹ペコの人に出会ったらいつでも渡せるように自作したものだ。

「すごく美味しいから、よかったら今度食べに来てよ。ほら、妖亀くんも。割引クーポン付いてるから」

「わっ、いいんですか!?　このお店本当に美味しいんですよね！　人間も、それに中華妖……」

妖亀くんはハッと口を押さえる。

「ちゅ、中華料理、大好きなんですよねー。今度ぜひ、食べに行きますから！」

強引に誤魔化した妖亀くんに、俺は胸を撫で下ろして手を振った。

「じゃあまた！」

今度こそ踵を返した俺の背に大崎さんの心の声が聞こえてくる。

――この間、悪いことしちゃったかな……今度、行ってみようかな。

俺は背を向けたまま、ちょっとだけ笑った。

大通りから細い路地へ曲がると、周囲は少しだけ静かになる。三月も半ばに入り、町の空気もずいぶんやわらかくなった。店の両側に立つ桃の木はもうすぐ花を咲かせそうだ。

路地の奥には赤と金に彩られたビル。ドアの中に入ると俺はホッと息をついた。

店の中はランチ直前で、美味しい匂いと忙しい音が溢れている。

火門さんの声、鍋を振る音。

桃葉娘《タオバイニャン》が立ち働き、福福《フウフウ》が走っていく。

目の前のレジで予約票を見ているのは驚くほど綺麗な仙人と、可愛らしい女性——鈴猫さんだ。

あのあと、彼女はこの店でバイトを始めた。ホール係だけれど、デザートの盛り付けは上手だし、働き者だから本当に助かっている。

「おかえりなさい、サトシさん」

彼女がにこやかに笑う隣で、月楽が顔を上げる。

「サトシ、早かったな。今日は個室に特別料理の予約が入っている。車海老の仕込みをしておけ」

「はーい」

今日も忙しくなるだろう。

中華街に来た時はぜひ、怖がらずにうちの店に立ち寄ってほしい。

ノスタルジックで騒がしくて、陽気だけどちょっとだけ怖い店。

出会うのは運命かもしれないけれど……きっと未来を変えられる店だ。

美味しい料理と、見たこともない面白い店員たちがきっと出迎えてくれるから。

カラン、と音がして、誰かが入ってきた。俺はにっこりと笑いかける。

「万福招来！　桃源郷飯店へようこそ！」

参考文献

「関帝廟と横浜華僑―関聖帝君鎮座150周年記念」関帝廟と横浜華僑編集委員会 自在
「横浜中華街 世界に誇るチャイナタウンの地理・歴史」山下清海・著 筑摩書房
「中国くいしんぼう辞典」崔岱遠・著 川 浩二・訳 みすず書房
「中国料理の世界史 美食のナショナリズムをこえて」岩間一弘・著 慶應義塾大学出版会
「台所漢方 食材&薬膳手帳」根本幸夫・著 池田書店
「図説 中国 食の文化誌」王仁湘・著 鈴木博・訳 原書房
「中国料理の基礎知識」エイ出版社
「道教の本 不老不死をめざす仙道呪術の世界」学研プラス
「水木しげるの中国妖怪事典」水木しげる・著 東京堂出版
「中国妖怪人物辞典」実吉達郎・著 講談社
「道教の神々」窪徳忠・著 講談社
「列仙伝・神仙伝」劉向 葛洪・著 沢田瑞穂・訳 平凡社
「捜神記」干宝・著 竹田晃・訳 平凡社
[公式] 横浜中華街 https://www.chinatown.or.jp/

本書は書き下ろしです。

横浜《よこはま》中華街《ちゅうかがい》！　桃源郷飯店《とうげんきょうはんてん》へようこそ

キョンシー事件《じけん》の謎《なぞ》は晩餐《ばんさん》で解決《かいけつ》！？

夏目桐緒《なつめきりお》

2022年9月5日初版発行

発行者……………千葉　均
発行所……………株式会社ポプラ社
〒102-8519　東京都千代田区麹町4-2-6
フォーマットデザイン　荻窪裕司(design clopper)
組版・校閲　株式会社鷗来堂
印刷・製本　中央精版印刷株式会社

落丁・乱丁本はお取り替えいたします。

電話（0120-666-553）または、ホームページ（www.poplar.co.jp）のお問い合わせ一覧よりご連絡ください。
※電話の受付時間は、月～金曜日、10時～17時です（祝日・休日は除く）。

ポプラ文庫ピュアフル

ホームページ　www.poplar.co.jp

N.D.C.913/287p/15cm
ISBN978-4-591-17487-6
P8111340